able
エイブル

生まれるだけで冒険だった

Jun Watanabe
渡辺ジュン

元就出版社

写真提供——著者・『ａｂｌｅ／エイブル』小栗謙一監督作品

序 文／刊行に寄せて

渡辺さん親子の存在を知ったのは四年前のことです。スペシャルオリンピックス日本・東京地区委員会が発行している会員向けのニュースレターに、渡辺さんの手記が載っていました。ダウン症の元《げん》君のこれまでのこと、そしてスペシャルオリンピックスの活動に参加して新しい世界の発見と、歓びに胸躍る時を楽しんでいる様子が書かれていました。

そして最後の文章のところにきて私は感動で涙をこらえることが出来ませんでした。それは次のように書いてありました。

「もし元が我が家にやって来なかったら、私はもっと不平不満に満ちた沈滞した日々を送っていたことでしょう。十五年前悪態をついてしまった神さま、ごめんなさい。今ここにお詫びして訂正させていただきます。神さま、元という素晴らしいプレゼントをありがとう」

私はこの渡辺さんの手記のコピーをいつも手帳にはさんで持って歩きました。それをどれだけたくさんの方々に読んでお聞かせしたことでしょう。

人間は本当に愚かで身勝手なものです。他人といつも比較して、自分で勝手につくった価値観と基準で不幸というものをつくり上げ、自分だけでなく家族や周囲の者までも不幸に引きずり込み、神さまを恨みます。愚かさと身勝手さに気付いて、素直に神さまにごめんなさいと言えることがどんなに難しく、しかも大切なことであるか。

この本では渡辺さんが元君という神さまからのプレゼントに感謝し、元君のあるがままを受入れていけるようになるまでの軌跡が実にさわやかに、淡々と、ユーモアを交えて描かれています。

スペシャルオリンピックスの活動を通して、私は数え切れない程たくさんの神さまからのプレゼントをいただきました。そのお礼といったらおこがましいのですが、スペシャルオリンピックスの活動を全国に広めて「神さまからのプレゼント」の意味を多くの人々と分かち合い、この感動を共有していきたいと考えています。

こんな素敵な本を書いて下さった渡辺さんに心から感謝し、一人でも多くの方に読んでいただくことを心より願っています。

細川佳代子

はじめに

この本を書いている私にはダウン症の息子がいます。そのため本の中にはところどころで彼が登場します。けれどもこの本は障害児の教育について書いたものではありません。障害者の福祉について考えたものでもありません。

「生きる」とはどういうことなのか。

自分は一体ここで何をしているのか。

それを知りたいとずっと願っていた私が、この一風変わった息子を鏡として自分自身を眺めるうち、いつしか忘れていた本来の自分を取り戻していった、その過程を記録したものです。

たまたま息子は自閉症の友人と一緒に、ドキュメンタリー映画にその姿を撮っていただく機会がありました。

その映画『ａｂｌｅ』の中でも、どうも彼らは、私たちを映す鏡として存在しているような気がします。

少し大人になりすぎた、と思っているみなさん、一度この鏡をのぞいてみませんか。

■able（エイブル）／もくじ

able エイブル

降って湧いた話

二〇〇〇年十月二日

夕方六時過ぎ、食事の仕度中に電話が鳴った。

「ディレクターズシステムの小栗と申しますが」と相手が名乗るのを聞き（来た！）と身構える。そういう名の監督がドキュメンタリー映画に出演できる障害児を探していると、きのう息子が通っている水泳プログラムの会場で耳にはさんだばかりだ。それもアメリカにホームステイして、いろいろな体験を積み成長していく姿を撮る、という話らしい。

「それってすごい！」

中高年の再出発冒険物語なら私がやってもいいくらいだが、求められているのは知的障害のある青少年で、有資格者は私ではなく息子の元《げん》である。

ダウン症の元は十九歳だがよく中学生に間違われる。読み書き計算の力は小学校入学程度で日本にいてさえ自立は困難であるのにアメリカなんて、ましてホームステイなんて。

「あー無理、無理」

きのうの話はそれで終わった。

ところが今、電話口でその噂の監督が自分の撮りたい映画のあらましを私に向かって熱心に語っている。「アメリカ……、ホームステイ……、成長の過程を……」。ふんふん、きのう聞いたのと大体同じだ。失礼のないよう電話とはいえ笑顔を保ち相槌をうちながらも、心の中ではお断りを告げるタイミングを計っている。

やはり無理だ。第一、本人にどう説明すればいいのだ。アメリカはともかく、ホームステイとか映画の撮影であるとかは、元の理解の範囲をはるかに超えている。

「うちの子より、もっとお喋りが上手な子や物怖じしないしっかりした子が他にいますから」と、よその子を推薦することで矛先をかわそうとしてみたが、これは成功しなかった。成長の過程を撮るのだから未完成である方が良いというのだ。なるほど。

それならば、「元にとってストレスが大きすぎる、元にとってプラスになるという確信がもてない、本人の意志を確かめることができない」

とにかく早いとこ断ってしまおうと並べたてていると、電話口の向こうで相手の様子が変わった。

「助けてください」

「……」

「もうずっと断られ続けているんです。日本中走り回って」

「……」

「受ける受けないは別として、これからどうすればいいのか相談に乗ってもらえませんか。電話でなく、一度お会いして」

急に下手に出られて、私は勢いをそがれてしまった。

男性から、それも映画監督から「助けてください」なんて言われたら、私でなくたってたいていの女性はクラッとバランスを崩してしまうだろう。

受話器を置いたあとで「あーあ、思うつぼ、だったかなあ」と思いつつも、小栗監督の事務所を訪ねる日時を台所のカレンダーに書き込んだ。それから作りかけだった料理を急いで仕上げ、いつものように二人の息子と夕餉《ゆうげ》のテーブルを囲んだ。

その夜はなかなか寝つかれなかった。アメリカの広い荒野の一本道で、途方にくれて佇む元の姿が闇に浮かび、それを打ち消そうとして何度も寝返りをうった。断ろうとしているにもかかわらず、何故かこの映画の話は元のところへ来るだろうという予感がした。最終的にその決断を、私が一人で下さねばならないというのは、考えるだに恐ろしいことだった。

十月四日

約束どおり表参道にある小栗監督の事務所『ディレクターズシステム』へ訪ねて行く。

平日の昼間でも若い人たちで賑わっている表参道だが、道を一本それると人通りも絶え静かな住宅街のような趣である。そんな所に目指す敵陣はあった。

敵とは穏やかでないが、今回の訪問に敵陣視察といった要素があったことは否めない。なにしろ相手はテレビ局やら広告代理店やらといったチミモウリョウがバッコする世界に出入りしている人間らしいのだ。以前ちらっと見かけた時も、黒眼鏡と呼びたいようなサングラス姿であった。

今回の企画だって、ひょっとしたら障害者版『電波少年』みたいなものかもしれないではないか。そんな危ない橋をウチの子に渡らせるわけにはいかない。ここはひとつ母親の私が、と意気込んで出かけたわけだが、玄関先に現れた小栗監督は案に相違してサングラスなしで、穏やかそうなグレーヘアの紳士である。しかしジャケット、シャツ、ズボンのすべてを黒で統一している所など、まだまだ油断はできない。

部屋へ通されると、真っ黒な大きなテーブルが真ん中にでんと置かれていて、片隅の革のソファも黒。隣の部屋には、映画製作に必要であるらしい各種機材、コンピュータ類がぎっしりで、印象はやはり黒とシルバーだ。その主同様、はっきりとしたスタイルのある事務所である。

黒いテーブルをはさんで小栗監督と向き合う。監督から椅子一つおいた席には、表参道の駅からここまで私を案内してくれた、助監督の花井さんが着いた。花井さんはいつも影のように監督の傍らにいて影のように黒い服を着ている、まだ若い女性である。

実は二人とはこの日が初対面ではなかった。以前、元が参加している知的障害者のためのスポーツプログラムの活動をビデオ撮影しに来てくれたことがあり、その時二人の姿を少し離れたところから見ていたのだ。

どっしりした直方体がサングラスをかけたような小栗監督と、折りたたみ定規のように細長い花井さんの組み合わせは、いつか見たイタリア映画の中のマフィアのボスと、彼を慕って背伸びする少年を彷彿とさせた。

それにしてもサングラスなしの小栗監督を見るのはこの日が初めてである。その顔につい遠慮のない視線を向けると、「善人でしょ」と、こちらの気持ちを見透かしたように言って、監督はちょっと笑った。

どれ位の時間をその部屋で過ごしたのか、今はもう記憶にない。帰り道、表参道の若者の群れに混じって歩きながら、私は気持ちの昂ぶりを感じていた。小栗監督とのこの日の会見で、元がドキュメンタリー映画『ａｂｌｅ（エイブル）』に出演することは決まった。実は会見に臨む前に、私は元本人からすでにＯＫを取ってあったのだ。さんざん相手側に話をさせた後そのことを告げると、小栗監督も花井さんもとても驚いた様子だった。それはそうだろう、私だって驚いている。

電話をもらった日からこの日までの二日間、私の中には絶え間なく不安や疑念が沸き上がっていた。さらにまずいことに、それとは正反対のわくわくするような期待感までもが隙をねらって顔を出そうとしていた。典型的な葛藤状態である。このまま放っておいては仕事にもさしつかえるので、少し時間をとって心の中の整理をすることにした。

机の上に小さなノートを開き、左の頁の一番上に「ＹＥＳ」、右の頁の上に「ＮＯ」と書く。そしてそれぞれの頁の空白部分に、私の雑念を仕分けして書き出していくのだ。「ＹＥＳ」の方には「元がアメリカに行かれる」、「大好きな飛行機に乗れる」といった楽しそうな事柄が、「ＮＯ」の方には「ホームステイ先のことがわからない」、「スタッフが障害に関して素人である」など、不安材料が並んでいく。右に一つ書くとすぐ左にも一つと、項目はどんどん増えるが左右のバランスは変わらない。それほど「ＹＥＳ」欄に書くことがあるとは我ながら意外であった。

「ＹＥＳ」「ＮＯ」それぞれ十一項目になったところでいったん作業をやめ、事務用品を補充するために近くの文房具屋まで買い物に出かけることにした。この雑念仕分け作業は人に教わってなかなか重宝しているが、一番いい点は、無理に決断を下そうとしなくても、時間の経過とともに自然に心が決まっていくところにある。

文房具屋には面白い小物がたくさん置いてあって、見ているとつい必要のない物まで買いたくなってしまうのだが、この日も目当ての棚へまっすぐには行かず、わざと遠回りをして店内をうろついていた。その時、ＢＧＭが変わった。

ガン！　と何かが頭の上から落ちてきたような気がした。この店のどこかから湧いてくる懐かしいビートルズナンバーが、店内の空気を、いや私の中の滞りを洗い流していくようだった。

「レット・イット・ビー」。それがきっと私に投げ与えられた答えなのだ。

「あるがままに」、「なるようになる」、「物事を起こるにまかせてごらん」と。

（そうだ、元に聞いてみよう）。そんな考えが初めて浮かんだ。

元は言語面の発達に特に問題があり、自分の考えを言葉にして人に伝えるのが苦手だ。だから元に聞くといっても、イエス・ノーで答えられる問いにしなければならないし、人の顔色を読むことは逆に上手なので、誘導尋問にならないようにも気をつけなくてはならない。あれこれ考えた末、私は三つの質問を用意して、そのうち一つでも「ノー」であれば、この話はきっぱり断ろうと心に決めた。

小栗監督を訪ねる日の朝、朝食後のテーブルでおもむろに元に切り出す。

一つ目、「元はアメリカが好き？」

元は一応アメリカを知っていた。スペシャルオリンピックスという知的障害者のオリンピックが一九九九年ノースカロライナ州で開催された折、日本チームの一員として参加した経験があるのだ。そういえばこの時も、私は元を旅立たせるのがとてもこわかった。

「すき」

思ったより早く答えが返ってきた。いつもは「うーん」と考えている時間が長いのだ。

二つ目、「小栗さんって知ってる?」

ノースカロライナには小栗監督も行っていた。世界大会の様子を撮影するためで、この時、作られたドキュメンタリーはNHK衛星放送で放映されている。とはいえ元にカメラが向くことはなかったし、カメラマンの名前までは知らないだろうと、指を丸めて眼鏡を作り、大きなカメラをかつぐジェスチャーをしてみせた。

「しってる」

元の顔がパッと輝き、口の端もゆっくりと上がっていく。

意外な反応と答えだった。

三つ目、「小栗さんと一緒にアメリカにいく?」

「いく」

迷いのない答えだ。私の中の迷いもいつか消えていくのを感じた。親元から離れてアメリカへ行く。そこで初めて会うアメリカ人の家庭に入り、何か月か生活をともにする。大変なことに違いない。しかし、この冒険を避ければ元の人生は安泰かと問えば、そんなことはない。

何もしなくても、いや何もしなければしないほど、先の人生はどんどん見通しが暗くなっていくのだ。ここで一つ博打をうったからとて、今さら失うものなど何もないではないか。どのみち自立に向けての準備をしなければならないのだったら、撮影スタッフやホストファミリーに助けてもらってそれを始めよう。

私一人で何もかも背負い込まなくたっていいのだ、きっと。

そんなわけで交渉が成立し、ほっとした雰囲気の中でお茶などいただいていると、思い出したように小栗監督が言った。

「ところで元君の仲良しは誰ですか」

とっさに浮かんだのは高橋淳《じゅん》君の名前だった。淳君は自閉症で、やはりスペシャルオリンピックスの水泳プログラムに参加している、元の仲間である。仲良しといっても普通の子たちのように一緒に行動したり、会話したりということはない。それでもどこか波長が合うのか、笑顔を交しあったり、時には手をふれあっていることもある。

元は十九歳、淳君は十七歳。傍目にはどう映るか知らないが、そうやって二人が穏やかな時間を共有しているのを見るのは、親にとってほっと心なごむひとときである。

「そうですか。実はもう一人には淳君を考えていて、今交渉中なのですが……」

「えっ」

今度はこちらが驚く番だった。この人は元と淳君の間の、あるかなきかの本当にかすかな交流を嗅ぎとっていたのだろうか。

「勘がいいでしょ」

またもこちらを見透かして、小栗監督はニヤリとした。うーむ。こうなったらぜひとも淳君にも出演を承諾してもらいたい。あっという間に気分はスタッフである。いやステージママか。

（淳君のお母さんに電話しなくちゃ！）

表参道の人波をぬって駅へと向かいながら私はそればかりを考えていた。

映画『able』

淳君のお母さん高橋さんは、すっかりこの話を断るつもりでいた。相手役が元と知って少し心を動かしてくれたようなのだが、問題はお父さんだ。迷うほどのこともなく彼は「ノー」を決定したらしい。

そうか、お母さんだけ説得してもだめなのだ。淳君のところには我が家と違って立派な両親がそろっている。ひとりで何もかも決定してそのつけも支払っていく片親家庭は、しんどい反面、楽だなあと思うことも実はあって、今回などはその両方が一緒くたになったケースであろうか。

ただ、元がダウン症ではなく自閉症であったなら、とてもここまでひとりでは育ててこられなかっただろう。自閉症児の親であるというのは、ちょっと部外者の想像を絶するような大変さを伴うのだと、私は元が育つ過程で知り合った幾組かの自閉症児の家族から教わった。それにもかかわらず、いやそれだからこそ、どの家族も前向きで行動的でパワフルで迫力があった。

淳君のお父さんが「ノー」を即決したのは、淳君の身を案じてのことばかりでなく、スタッフやホストファミリーがどんなに大変な思いをすることか、という危惧もあったのかもしれない。たしかに小栗監督とそのスタッフは淳君や元の日常について何も知らない。

しかし、知らないからこそできる、ということも世の中には多々あるし、突破口というのは往々にして専門家ではない人によってもたらされるのではないだろうか。男性の説得は男性にまかせよう。私は今後の展開を天にまかせることにした。


一週間後、監督から「淳君OK」の連絡が入った。

高橋さんも心を決めた人らしい張りのある声で電話をくれた。賽は投げられた。さあ動き出すぞ！

ところがそう簡単には動き出さなかった。今度は滞在先を提供してくれるホストファミリーが見つからないのだ。

考えてみれば大変な役回りである。言葉の通じない外国の子供二人を自宅に受け入れる。その子たちにはそれぞれタイプの異なる知的なハンディがある。子供たちの面倒をみるだけではない、毎日の暮らしの一部始終をカメラが追いかけて回るのだ。たいがいの人がご免こうむりたい境遇であろう。

といって、応募がまるきりないわけではないらしい。世の中には奇特な人もいるもので、在米のスタッフはすでに何組かの夫婦と面接をしていた。しかし「これだ！」という二人にはなかなか出会えない。翌年の夏までには試写にこぎつけたい事務所側の意向におかまいなく、月日はどんどん過ぎ去っていった。

その間、私と高橋さんは子供たちの生育歴と、身上書を作成してディレクターズシステムへ提出、先方からは小栗監督の経歴書が送られてきた。

そこに記された監督の仕事ぶりは予想を超えて華やかなものであった。曰く、山形国際ドキュメンタリー映画祭入選、ロードショー公開、放送文化基金ドラマ大賞、カンヌ銅賞、電通賞……。

劇映画「派手」、ドキュメンタリー映画「地味」という大した根拠のない先入観が私の中にあったことに気づかされる。『ａｂｌｅ』もいくつかの国際的映画祭へ出品予定となっている。単独ロードショーも予定されている。本当なんだろうか。

障害者を扱ったドキュメンタリーの上映の場といえば、勤労福祉会館とか、商工会議所とか、青年の家とか、学校の講堂とかいった、「清く正しく慎ましく」が標語になるような、そんな場所と相場が決まっている。こんなスポットライトの当たるような華やかな場所へ、のこのこ出ていっていいものだろうか、何かの罠ではないのか、などと知らず知らず考えがひがみっぽくなっている自分にも気づかされる。まさに「敵は身中にあり」だ。

障害者やその家族を制限するそんな硬直した考えから自由になって、もっといろいろな可能性を試し、そして楽しんでみよう。それこそが映画『ａｂｌｅ』からのメッセージになるのだと、小栗監督も言っていたではないか。

『ａｂｌｅ』とはまた、スペシャルオリンピックスの基本理念でもある。

その活動を紹介するビデオの中で、障害のあるアスリート（競技者）がこぶしを突き上げ「Call me able! Call me able!」とコールしている場面は私に強い印象を与えた。「able」には「～が出来る」とか、「有能な」という意味があるが、英語で障害者のことは「disabled」というのだそうだ。「dis」は否定を表す接頭語である。「Call me able!」に振り絞るような響きを感じたのはそのためだ。

ところで列記された監督の作品群の中にひときわ私の目を惹きつけるタイトルがあった。『ジャンヌ・モローｉｎ京都』。ジャンヌ・モローの私はファンだったのだ。最近はフランス映画にもとんとお目にかかれないが、学生時代には授業をさぼって名画座で二本立、三本立を観たものだ。ジャンヌ・モローとブリジッド・バルドーが競演した『ビバ！　マリア』は立見でも前の人の頭の間から画面をのぞく超満員だった。今は昔。

その頃アングラと呼ばれたＡＴＧ系映画も観に行った。当時の私には難解さ即ちカッコよさだった。小栗監督が助監督として携わったという『闇の中の魑魅魍魎』を、大学を出たばかりの私はボーイフレンドと新宿あたりで観たように思う。ワルぶって観た映画の内容はすっかり忘れてしまったが、タイトルは忘れられない。あの時スクリーンのあちら側とこちら側とで、小栗監督とは袖すり合っていたというわけか。

私は二十代の初めでまだ挫折を知らず、輝かしい前途を思い描いたり、急に臆病になって人生から逃げ出したくなったりしながら、他の若者たち同様、恋愛に明け暮れていた。一緒に映画を観たボーイフレンドとその後私は結婚し、二人の男の子が生まれた。二人目の息子は生まれてすぐにダウン症と診断された。

それが今回『ａｂｌｅ』に出演することになった元である。

元《げん》が生まれた日

元が生まれる前の晩は、唐突な春の嵐が吹き荒れ、横なぐりの雨が降る大荒れの天候となった。その嵐に呼応するかのように始まった陣痛に急かされ、夜半、タクシーで産院に駆けつけたが、すぐには生まれる気配もなく、長い時間を待機室ですごした。

生まれたのは一九八一年四月二十日、正午一分前。その頃には嵐もおさまり、外は一気に初夏となったらしい。第二子ということもあり比較的安産だったのだが、生まれた赤ん坊は何故かお医者さんに思いきり叩かれていた。パンパンという音が産室に響き渡り、その後「ふにゃー」と頼りない産声が聞こえてきた。

「男の子ですよ、頑張ったわね」と年配の看護婦さんから声をかけられ〈やれやれ〉と私は脱力した。「おめでとう」でなかったことには、ずっと後になるまで気づかなかった。

赤ちゃんはなかなか私のもとに来なかった。六人部屋で、同室の仲間たちはみな自分のベッドの横に、産みたてほやほやの赤ちゃんを誇らしげに寝かせている。

私の赤ちゃんが来られないのは、黄疸がひどいため光線療法というものを受けているからだと説明された。「光線療法」と聞いて私の頭に浮かんだのは、七色のビームを全身に浴びてムクムクと大きくなる、ウルトラマンのような赤ん坊のイメージだったが、廊下のガラス窓越しに実際私が目にしたのは、透明なケースの中にじっと動かず横たわる、痩せて小さくて、まるで裏返しにした蛙のような、裸の赤ん坊だった。医師や看護婦の様子もどことなく変だった。優しく接してくれてはいるが、私と長く話すことを避けているようなふしがある。

不安の中で数日を過し、とうとう私はナースステーションに聞きにいった。一体何が起こっているのかを。

担当の医師から聞かされた「ダウン症候群」という言葉に私は聞き覚えがあった。大学の何かの授業で教わったのだ。常染色体の異常であること、知能は低いが比較的社会性があり人なつこいこと、歌や踊りが好きであることなど、教科書の開いた頁の下の方に、それらの記述と笑顔の子供の写真が載っていたのが、おぼろげに思い出されてきた。

私同様、思いがけず障害児の父となった三十三歳の夫にそのくだりを話すと、

「そうか、今までうちになかったものが来るんだな」

と言った。

そう言われてみればその通りだった。私たち夫婦と四歳の長男の一家三人は、そろって人付き合いがあまりうまい方ではなく、歌や踊りは好きなものの、人前で陽気に騒ぐようなことはめったにない、やや地味な人種に属していたのだ。

「障害児の中では育てやすい方だって書いてあったみたい」

夫の前では強がって見せたが、一人になるとベッドの周りにカーテンをしっかりめぐらせ、室内に満ちているお祝い気分から自分を隔離した。赤ん坊をめぐる屈託のないさざめきが、刃になることもあると初めて知った。私は繭の中のカイコのように、ただじっとうずくまって、すべてをやり過ごそうとしていた。

退院の日、真っ白い清潔なおくるみにつつまれた元を抱いて、車で家に向う道すがら、私は無言で何者にともなく怒っていた。

〈何故こんな目にあうのだろう。理不尽だ〉

〈誰かが私を不幸にしたいのだろうか。冗談じゃない〉

〈絶対に絶対に不幸になどならない。この子と一緒に必ず幸福になってみせる〉

心の中で、天に向って私は強く宣言した。

お医者さま？　それとも……

元が生まれて一年余りが過ぎた初夏のよく晴れた日、夏服を着て白い帽子を目深に被った私は、同じように白い帽子の元を抱いて、東急線の車内に座っていた。一歳の検診を受けに、代々木にあるクリニックを訪ねた帰りだった。その頃には、ダウン症児の親の会というものがあることも知り、そこから各地の信頼できる医療機関や早期教育の場についての情報を得られるようになっていた。その日は気分転換もかねて、少し遠くにある評判のいいクリニックを訪ねてみることにしたのだ。

元が生まれてから、ぐっと行動半径がせばまっていた。赤ん坊を抱えている母親なら誰でもそうだろうとは思うが、ことに一歳を過ぎても歩くどころか、はいはいもできず、弁当箱のように扁平な頭に吹き出物や目ヤニだらけの子を連れて、あまり電車などには乗りたくなかったのだ。けれど明るい初夏の気配が、固まりかかっていた私の心を解きほぐし、外へと誘いかけていた。私は青と緑が細かいチェックに織られた薄手のワンピースを外出着に選び、元にもきれいなブルーを着せた。

クリニックの先生は母親のような年配の女医さんで、てきぱきと診察をし、あれこれとアドバイスをしてくれた。元はダウン症としては、まあこれでも順調に育っている方らしい。確かに、ダウン症児に高い頻度でみられる心臓の欠陥が見つかっていないのは幸運というべきだろう。しかしどんな名医にめぐり会えても、元のダウン症は決して治るわけではないのだ。そんな当たり前のことを今さらのように思いながら、昼下がりの電車に元を抱いてぽつんと座っていた。

どこかの駅に着き、左隣の席が空いた。それまで私の前に立っていた人がその空いた席にかけると、すぐに話しかけてきた。

「可愛いね。何か月？」

私は話しかけられたくなかった。子供の顔を見られたくなかった。だから親も子もすっぽりと帽子を被っているのに。それでも次の言葉が耳から飛びこんできて私の心をノックした。

「心臓は大丈夫？」

「お医者さまですか！」

思わず左隣の人を見た。壮年の男性だ。この年代の男性が赤ん坊に声をかけるなんてめったにない。きっとお医者さんなのだ。

「いや、そうじゃないけど……ちょっと仕事で……」

まるではにかむように、その人は言葉を濁した。ちょっと仕事でダウン症のことを知っている。何の仕事だろう。俄然この隣人に興味が湧く。帽子のかげからそっと窺うと、無造作に流した肩にかかりそうな髪、大きなバックルのついた太い革のベルト、ハンドメイド風の革のショルダーバッグなどが目に留まった。

ちょっと変った人だ。たしかに医者でも会社員でもなさそうだ。自由業にちがいないけど、作家かな、それとも画家……。

私の詮索など気にも留めず、隣人は赤ん坊と私に言葉をかけ続けている。一見こわもてなのだが、控えめに話す声のトーンに優しさがあり、私の警戒心は徐々に解けて、その人とのおしゃべりが楽しくさえなっていった。

それもつかの間、降りる駅が近づいた彼は、「頑張ってください」と礼儀正しい口調でいって立ち上がり、笑顔を見せてからホームへ降りていった。〈ちょっと緒形拳に似ているな〉と、その時思った。

不思議な余韻を残した出会いのことを、帰宅した夫に話すと、

「その人どこで降りた」

と真面目な顔で聞く。

「たしか田園調布だったと思う」

「そりゃ緒形拳だよ。絶対そうだよ」

「緒形拳って田園調布に住んでるの？」

「知らないけどさ、いかにも住んでそうじゃないか」

そうかなあ、緒形拳ってあんな長髪だったっけ。私の中の拳さんはいつもシャープな短髪なのだ。

「第一あのテレビ見たろ」

〈あっ！〉と私は声を呑んだ。そうだ、テレビドラマだ。ついこの間、夫と二人で見たのだ、緒形拳主演のドラマを。相手役は大竹しのぶで、二人は互いに惹かれ合っているのだが、男の態度が煮え切らない。女は不信感を抱く。ある時男はその訳を話そうと、女に会う場所を指定する。女が待っていると、逆光の中、男がやって来るのが見える。男の子を連れている。近づくにつれ普通の子ではないことがわかる。ダウン症なのだ。

男のためらいの理由が明かされる場面である。

緒形拳さんはこのドラマで息子役を演じるダウン症の男の子と、長い時間をともに遊んで過し、信頼関係を築いてから収録に入った、と番組紹介の記事で読んだ。だから放映時には夫と二人でテレビにかじりつき、何も見逃すまいとじっと画面を凝視していたのであった。

ああ、何という不覚。「ちょっと仕事で……」とはそのことだったのか。自分を守ることばかり気にかけ、帽子を深く被って視野を狭くしていたから、見えるはずのものも見えなかったのだ。

それから何度も同じ路線を通ることがあったが、もう二度とあの彼に会うことはなかった。

月日は流れ、多分十二年ほど経ってから、思いがけずこの件を確かめる機会がめぐってきた。

当時勤めていた職場の忘年会が、大森のファッションビル内で開かれた時のことである。宴たけなわの頃、トイレから戻ってきた一人が興奮気味に叫んだ。

「キョンキョンが来てるぞ！　緒形直人もいるぞ！」

ビルの吹き抜け部分で何かの撮影をやっているらしい。男性社員たちはキョンキョンこと小泉今日子を一目見ようと浮き足立った。女性陣は冷ややかな反応を装っていたが、私は迷わず席を立って店の外へ出た。夜も更けて人影もまばらな、だだっ広いエントランスホールのベンチに、小泉今日子と緒形直人が並んで座っている。まわりには大勢のスタッフたち。ちょうど撮影の合間の休憩時間らしい。

皆は遠慮して遠巻きに眺めているだけだったが、私はつかつかと、人の輪の中心へ歩み入った。スタッフがすぐ制止に入ったが、かまわず緒形直人さんに向って声をかけた。

「すみません、あの、ちょっとお父さまのことで……」

すると直人さんはすぐに私と目を合わせ、スタッフには無言でＯＫを出してくれた。私は十年以上前の出来事を直人さんに話した。夢の中でしゃべっている心地がした。あの日声をかけ親身に励ましてくれたことが、ずっと心の支えになっていたこと、その時の赤ん坊は元気に中学生になったこと、いつか感謝の気持ちを伝えたいと願っていたこと、きっとあなたのお父さまだと思うのだけれど……。

「ええ、それはきっと父です」

じっと耳を傾けていた直人さんが口を開いていった。

「その頃のことは僕にも思い出があります」

ああ、この人はきっとダウン症の男の子と遊んだのだ、お父さんと一緒に。それから彼は「いかにも父らしい」といって笑った。

緒形拳さん、あの日の赤ん坊も二〇〇一年には二十歳です。

今度はこの子が画面に出る番のようです。

アーノルド・シュワルツェネッガーの来日

十月二十三日

夜、スペシャルオリンピックスの喜多さんより電話。

「アーノルド・シュワルツェネッガーの記者会見に、元君を同席させる気がありますか」と言うのだ。あります、あります。もうこうなったら乗りかかった舟である、どこへでも出ていきましょう。当然、映画『able』の関係で持ちこまれた話だと思ったのだが、実はそうではなく、これは別のルートから来た話だった。

シュワちゃんがやかん体操をするカップ麺のCMは結構人気があったようだが、スペシャルオリンピックスにおいても、彼は広告塔のような役割を、ボランティアとして果たしてきた。というのも、彼の奥さんがケネディ家の血筋だからだ。スペシャルオリンピックスは最初ケネディ家の庭で、ジョン・F・ケネディの妹ユーニスによって始められた小さなスポーツサークルだったという。

彼女が知的障害のある子供たちにスポーツを楽しむ場を提供しようと思いついたのは、単なるお金持ちの慈善活動としてではない。ケネディ家の兄弟姉妹の中には一人の知的障害者がいたのだ。今とは異なった社会状況の中で、ジョンの妹、ユーニスの姉ローズマリーは、ひとり施設に入れられ、若者らしい楽しみを味わうこともなく短い生涯を終えている。

その姉のためにもっと何かできることはなかったのかと、自分に問い続けたユーニスの行き着いた答え、それが地域の障害児たちに自宅の広い庭を開放して、普通の子たちと同じように楽しい時間を過ごしてもらおうというアイデアだったのだ。

この間の事情は、前述の小栗謙一監督制作のドキュメンタリー『自立へのオリンピック～ケネディ家・もう一つの夢～』に詳しい。

ユーニスのスポーツサークルは年月とともに少しずつその輪を外へと広げていき、三十年を経た今では、四年に一度の世界大会に七千人ものアスリートを世界中から迎えるまでになっている。もちろん日本からも選手団を送っている。

『スペシャルオリンピックス日本』理事長の細川佳代子さんは、かつて細川内閣でファーストレディを務めた人だ。とてもエネルギッシュで情熱的なこの理事長は、子供たちのため日本中を、そして世界中を飛び回ってくれている。

そういうわけで、ケネディ家の親戚であるシュワちゃんは、日本に来るたび、スペシャルオリンピックスの活動の普及に役立つような務めを、何かしら果たしていくのである。

今回は彼のお正月映画『シックス・デイ』の宣伝のための来日で、進行中の他の撮影現場をちょっと抜け出し、自家用ジェットで一泊二日という超ハードスケジュールだ。

そこでシュワちゃん考えた、らしい。映画のための記者会見にスペシャルオリンピックスの子供たちを同席させれば一度に両方に顔が立つと。

配給元にしてみればぱ迷惑千万な話だったろう。しかし天下のシュワちゃんの一言は重い。かくて、新宿パークハイアットホテル三十九階のボールルームという、格調高く豪華な記者会見場に、私たち数家族は幸運にも潜入することができたのである。元の他には淳君と、スケートプログラムに参加している暁生君、たえちゃんの顔も見える。皆きちんとジャケットや学校の制服を着込んでかしこまっている。

会見場の前方には『シックス・デイ』のスチール写真が大きなパネルとなって天井から下げられ、その前のひな壇には新郎新婦が座るような、花で飾られた長いテーブルがしつらえられていた。会場の後方にはカメラマンたちがセットした丈の高い脚立がずらっと横に並び、ナイアガラの滝のような壮観である。

私たちが着いた時ひな壇はまだ無人で、あたりにはジーンズや、ポケットのいっぱいついたベストや、よれっとしたジャケットなどを着た、およそこのホテルに似つかわしくない男女が大勢たむろしていた。彼ら記者、特にカメラマンという人種は、そうとう気の張る式典会場のような所でも、大物政治家の前でも、いつも同じようにすこしくたびれた普段着姿で現れる。そしてそれを咎められることもまずない。いってみれば黒衣のようなもので、彼らはそこに居ても居ないことになっているのだ。

そんな彼らの緊張感を欠いた装いに〈やれやれ〉と思いながら、一方では身内を見るような親しみをも感じていた。元が十歳になるまで一緒に暮らした、彼の父親の職業もまたカメラマンだったからである。控室で、黒と白で粋にきめたウェイターから、コーヒーのサービスなど受けながら待つことしばし、ついにシュワちゃんが壇上に登場した。

記者たちはファンとは違うから拍手などしない。子供たちはこの人がハリウッドの大物スターであることをわかっているのかいないのか、おとなしく座って声ひとつあげない。静かな会場の中で一手にミーハー役を引き受けていたのは、私を含む付添いの母親たちであった。

シュワちゃんのいでたちはといえば、ジーンズに太い革のベルト、ボタンをはずしたポロシャツの上にラフなジャケットと、カメラマンたちとそう変わりはない。しかし同じジーンズ姿でも、片やひな壇の花で飾られた席に着き、片やその足許の絨毯に膝をつく。スターはどんな服を着ていてもスターなのであった。

アメリカはノースカロライナ州ローリーのスタジアムで、スタンド席からフィールドにいるアーノルド・シュワルツェネッガーを見たことがある。二年前に開かれたスペシャルオリンピックス夏季世界大会の開会式でのことだ。選手団とともに入場してきた彼は、約七千人の選手たちとボランティアたちでごった返すフィールドの人波の中を、あちらこちらと歩き回ってファンサービスにつとめていたが、その彼の動きがはるかスタンド席上方からもはっきり見てとれるのには驚いた。

あのカラフルな人波の中から自分の子を探し出すのに大苦労しているというのに、シュワちゃんの居所ならすぐ見つかるのだ。たしかに彼は背が高いし、赤いシャツを着てもいた。だがそれだけであんなに目立つものではない。これがスターのオーラというものかと私は感心した覚えがある。

その大スターの記者会見であるが、私は記者としてではなく単なるゲストの付き添いとして入場を許されただけなので、内容については触れずにおくのが仁義であろう。

会見の最後に子供たちは壇上に呼ばれ、簡単な紹介のあとシュワちゃんと一緒に記念撮影をさせてもらえることになった。

ひな壇めがけてカメラマンの波がどっと押し寄せ、そこいら中にフラッシュとシャッター音が飛び交う。子供たちは壇上で緊張のあまり彫像のように固まっている。子役との共演も多いシュワちゃんが、一人一人に声をかけ肩を抱いて、子供たちの緊張をほぐそうとしていた。ツーショットのチャンス到来だ。

ところが引っ込み思案の元は、じりじりとひな壇のいちばん端まで後退し、そこでもじもじしている。まったくステージママ泣かせである。その時通訳としてその場にいた戸田奈津子さん、そう、あの字幕の戸田奈津子さんが、そっと脇から手を添えて元をシュワちゃんの側へと押し出してくれたのだ。一映画ファンとして大感激の一瞬であった。

シュワちゃんに抱き寄せられた元は、彼の胸に頭をもたれかけ、うっとりした表情で写真におさまった。その写真は2Lサイズに引き伸ばされケースに入れられて、我が家の重要文化財となっている。

スタッフと遊ぼう

十月二十八日

アーノルド・シュワルツェネッガーとの記者会見の翌日は、『ａｂｌｅ』スタッフとの顔合わせの日だ。と書くと、まるで売れっ子タレントのスケジュールのようである。

そういえばディレクターズシステムの花井さんから送られてきたファクスには、「元くん淳くんと八景島へいこう！」との大見出しがイルカの絵とともに踊っていて、笑った。若手漫才コンビただいま売り出し中、といったところか。

八景島で水族館めぐりをしたり、イルカのショーを見たりしながら、二人のキャストとスタッフが仲良くなれるように、という計らいである。スタッフ側はこれまで障害のある子たちと身近に接した経験がほとんどない。それでもアメリカでの撮影に家族は同行できないことになっていた。家族や普段の暮らしから切り離されたところで二人に何が起こるかを見たい、というのが監督の意向である。

だから撮影に入る前にお互いのことを充分に知っておく必要があった。キャストとスタッフ、スタッフと監督、監督と親たち、それぞれの間で信頼関係が築けなければ、撮影をスムーズにスタートさせることはできないのだ。

そんな大事な一日が始まろうという十月のよく晴れた早朝、原宿の駅前に集合した二組の母子はすっかりピクニック気分であった。その日同行するスタッフは、助監督の花井さん、カメラの松永さん、アシスタントの細川さん、それに小栗監督の四名である。在米のスタッフとは現地へ行ってからの顔合わせとなる。また、もう一人大事なスタッフがこの日は参加していない。

九州在住の佳恵《かえ》さんで、彼女も知的なハンディを負っているのだが、アメリカでの撮影にスタッフとして参加する。二十一歳の佳恵さんは絵を描くのが得意だそうだ。話すこと書くことも好きだという。そんな佳恵さんの役割は、二人のキャストの様子を少し離れたところから観察し、それを絵にしたり、おそらく表現の面で苦労するだろう二人の代弁者となることだ、と聞いた。障害のある人を撮影の対象にするだけでなく、製作側にも引っぱり込んでしまおうという監督の姿勢には、とても心を動かされた。

ほどなく駅前に二台の車が到着。一台は小栗監督の、もう一台は監督夫人のかよ子さんの運転で、私たちは元チーム、淳チームと二手に分かれて車に乗り込んだ。元と私は監督の車で、松永さん、細川さんがそれに加わった。八景島まで片道二時間ほどのドライブ中、車内は相互理解のためのちょうどいいミーティングルームとなる。

初対面の人も交えた大人の集団のまん中にいて、元はとても静かにおとなしくしている。

全身をアンテナにして、まわりの雰囲気をキャッチしているのだ。元がもっぱら情報収集に専念しているので、やむなく私がおしゃべり担当となる。いつものパターンである。

カメラマンの松永朋宏さんはとてもとても背が高く、一メートル九十センチ位ありそうだ。その細長い体を器用に折り曲げ、カメラを抱いて助手席に座っている。笑うと少年のように無邪気な表情をみせる彼には、どことなくマリオネットを思わせるところがあって、『ひょっこりひょうたん島』の登場人物にしたらいいな、などと勝手なことを考えてしまった。

細川裕子さんと私は後部座席に元をはさんで座っている。大学院に休学届を出してこの撮影の応援にかけつけてくれる細川さんは、『スペシャルオリンピックス日本』理事長の細川佳代子さんのお嬢さんで、キリッとした立居振舞いが、いかにも育ちのよさを感じさせる人である。彼女は主に元と淳の身の回りの世話を引き受けてくれる。

小栗監督は以前チベットで、その土地の人々が出演する映画を撮ったことがあり、やはりチベットを旅したことがある細川さんと彼の地の話を始めた。聞いていると細川さんは、一人で世界の辺境へふらりと出かけていくような人であるらしい。へーえ、華奢で上品なこの人が、と意外の感を伝えると、

「こう見えても私、大学時代にはスキンヘッドにしたこともあるんですよ」

と、さらに驚くようなことを言う。目の前の彼女は長い髪をきちんとまとめているのだ

が。

「首相の娘」という否応なく重圧のかかる立場に身を置いたことのある彼女が、スキンヘッドにしたくなった時の気持ちはどんなものだろう。三十年近い年齢差と境遇の違いを飛びこえて、私は細川さんに親近感を覚えた。

それからどういう経緯でだったか、映画『マトリックス』の話になった。

私が「面白かった」というと、運転席の監督は「途中から寝ちゃったよ」と軽くいなす。むむむ。細川さん、松永さんまでも「キアヌの柔術は笑えた」などと監督に合流だ。私はちょっとむきになった。もともとキアヌ・リーブスの顔も知らず、話題の特撮にも興味のなかった私が面白く思ったのは、映画のそこここにちりばめられた言葉の数々なのだ。

「速く動こうとするな。速いと知れ」

「スプーンを曲げようとするんじゃなくて、自分が曲がるんだよ」

何かをしようとするのではなく、それになってしまうこと。くり返しくり返しそのことを『マトリックス』という映画は語りかけていた。心を解き放ち、全てを可能にすること。それが現実に私たちが持っている力、けれどまだ使いこなしていない力なのだ。

大画面から送られてくるそれらのメッセージを私は素直に信じたかった。そうでもなければ、障害児付き母子家庭など恐ろしくてやってられないではないか。そんな大演説を始めようとしている自分に気づき、あわててぐっと言葉を呑みこんだ。

映画監督相手に映画を論じようなんて、まったく私はどうかしている。こんな風に、立場もわきまえずにものを言ってしまうところが私にはあって、それで時々失敗もする。幸いに何事もなく会話は次の糸口を見つけてそちらへ移っていき、雰囲気に敏感な元もずっと上機嫌で皆のまん中に座っていた。

八景島に到着。淳君たちと合流してシーパラダイスの園内に入る。淳君は目を輝かせ、さっそく先頭をきって歩き始めた。自分で興味のある物を見つけてまっしぐらに進んで行く淳君の姿は、私の目にはとても頼もしく映る。

元は初めての場所ではそうはいかない。親のそば、グループの後ろなど、安全そうな位置についてあたりを観察する。決して一人で離れていったりはしない。

非常に行動的な自閉症の子を持つお母さんからは、そんな元の慎重さをうらやましがられることもある。迷子になったり、事故にあうおそれがないからというのだ。そうかもしれない。が、親としてはいいかげん巣立っていって欲しいところだ。

見る間に淳君と元の間は二十メートルも離れてしまった。まるで回遊魚と深海魚だ。こんなにペースの違う二人を追う、スタッフのこれからの苦労がおもいやられる。そんな私の心配をよそに、スタッフは楽しそうだった。

細川さんは小さな子供のように水槽の魚たちに感動し、はしゃいでいたし、どこか浮世離れした松永さんは館内を細長い藻のようにゆらゆらと漂い、小栗監督は泰然とファミリー全体を見守っている、やはりマフィアのボスであった。

ひとり花井さんだけが、案内図を広げたり、イルカのショーの開演時刻を気にしたり、お弁当の手配をしたりと、いつもの仕事の延長で忙しそうだったが、自分でも体育会系だという彼女には、そんな風にキビキビと立ち働く姿がとてもよく似合っていた。

イルカのショーを楽しんだあと、みやげ物店で元も淳君も立ち止まる。見ているのは店先のワゴンに積んであるイルカのぬいぐるみだ。二人ともそれぞれお気に入りのイルカを監督に買ってもらいニコニコ顔になった。十九歳と十七歳の若者といっても内実はまあこんなものなのだ。それから本物のイルカに餌をやったり、ウォーターシュートに乗ったり、ゲームにも興じた。

元がやる気を見せたのはハンマー叩きで、巨大な温度計のような目盛付きの柱の前にあるセンサーを叩くと、その強さに応じて指示板が上昇していくというあれだ。

一番上まで指示板が届けばファンファーレが鳴りひびき景品がもらえる。本来、力自慢の男たちの遊びだが、ここでは子供たちも順番待ちの列に並んでいた。それにしても色白でぽちゃっとした元はどうにも場違いに見える。しかし番が回ってきてハンマーを握るや、その顔から曖昧さが消え、口をむすんで鼻息荒くなった。あらら、やる気だ。

思いきりハンマーを振りおろす。けれどその力はセンサーにうまく伝わらず外へ逃げていった。指示板は勢いなくふらふらと昇っていき、中途半端な位置にちょっと止まって再び降りはじめようとした。

ところがその時ファンファーレが控えめに鳴ったのだ。そして係りの人が元に何やら手渡している。満足そうに握ってきたものを見ると、園内のレストランで使える食事券だった。どうやらブービー賞とか残念賞とかいう、特別賞のラインに届いていたらしい。

まったく元らしい。まるで元の人生そのままだ。大体この映画出演の話だって、いろんなことが要領よくはできないという、元の弱点を見込まれてのことだとも言える。「運が強い」というのとはちょっと違うだろうが、「ラッキー！」と喜んだってかまわないだろう。

こうして一日楽しく遊ぶうち、元も淳君もすっかりスタッフに打ち解けた。その様子を見て親の方も、この人たちになら子供を託してもいい、と思えるようになった。まずは一安心である。

さて、残る問題はホストファミリーだ。アメリカでのファミリーが見つかる前に、元の日本でのファミリーのことを少し振り返ってみる必要があるのかもしれない。

団塊世代の消息

後に元の父親となる人と出会ったのは六〇年代後半、学園紛争のさなかのキャンパスでだった。彼は全共闘中核派の闘士（別に何派でもよかったそうだが）、私は体育会系ノンポリというおかしな出会い方だった。仲間とともに不法占拠した校舎にたてこもっていた彼は、時々ヘルメットにタオルの覆面という、当時の学生運動家独特のいでたちで表に出てきた。その格好を私がからかうと、彼はちょっと困ったような顔をした。

たまたま彼が持ち場を離れキャンパスの外へ出た日、大学側の要請で機動隊が構内に突入、騒乱の末、彼の仲間たちは皆検挙されてしまった。大学は即日封鎖され、その顛末が新聞に大きく報じられた。私たち学生は行き場を失い、彼は心の拠り所を失った。

大学の四年目をそんな風に過していた彼に就職口などあろうはずもない。専門職を目指そうと写真の専門学校に入り直した彼と、大学に失望、将来にも何の見通しも持てずにいた私は、深い考えもなく結婚をした。ただ好きだから、一緒にいたいからという単純な理由で結婚できた私たちは幸せだったと思う。

六年間、私たちは子供を持たず勝手気ままに暮らした。

専門学校を出ると彼は最初、写真スタジオに勤務したが、その後スタジオの紹介で著名なカメラマンの内弟子になると、ほとんど家には帰れなくなった。その間私は気の向くまま、いろいろな職種を転々とした。当時はフリーターなどという便利な言葉がなかったので、私のような者は単に根性なしとみなされた。まあ実際そうだったのだから仕方がないが。

それでも誰の世話にもならず、自分の力で食べていかれるのは何と爽快なことだろうと、呑気な私は思っていた。しかしその実態は、双方の実家の手のひらで少しの間放し飼いにされていただけの、世間知らずの甘ったれ夫婦にすぎなかった。

子供が生まれてみると、そのことがよくわかった。夫と妻というだけでなく、父親と母親の役割も果たさねばならず、さらに嫁、婿という立場での出番も多くなる。いつまでも子供でいたかった二人にはなかなか大変な時期であった。

その頃、夫は広告代理店で働くようになっており、私は求人広告をチェックしまくる生活から足を洗い、専業主婦になった。夫婦それぞれの価値観の違いが明らかになるのは、何といっても子育ての過程でのことではないだろうか。それでも私たち一家三人は仲良く暮らしていた。夫婦の意見が合わない時はもっぱら私が譲った。子供の見たいテレビを見、夫の行きたい行楽地へいき、二人の好きな献立を食卓に並べた。特に不満はなかった。そうしたいからそうしている、と思っていた。

長男がもうすぐ五歳になるという春、次男が生まれた。

嵐の夜に陣痛をひき起こして生まれてきた子は、我が家に嵐をもたらした。一目見た時から他の子とは違っていた。一年たっても歩きも話しもしない。二年たっても歩かなかった。長男の時とはまるで様子が違う。育児書も全く参考にならない。あせった私は情報を求めて右往左往した。

名医がいると聞けば四時間かけて会いにいき、発育を促すといわれる運動を人の手も借りてやらせてみた。頭をよくすると書かれていれば、外国製の高いおもちゃも買った。発達心理学、大脳生理学の本も読んだ。学生時代とは真剣さが違った。お金もエネルギーも注ぎ込んだ、必死の子育てだった。気がつくと、家の中の空気が変わっていた。

突っ走っていたのは私一人であり、夫はついて来ていなかった。長男は……いつも聞き分けのいいお兄ちゃん役に甘んじていた。そんな中、次男の元は次々と押し寄せる感染症の波を乗り切り、徐々に元気に育ち始めた。三歳になる頃、歩くことと泳ぐことが前後してできるようになった。

いったん走り出した私はなかなか止まれなかった。夫は会社を辞めて、フリーのカメラマンになっていたが、家にいる時間の増えた夫が元を甘やかすことが時々癇にさわった。衣服の着脱や食事などがひとりでできるように、忍耐に忍耐を重ねて手を出さず見守っているのに、夫は横から優しく元に手を貸してしまう。

「長生きしないから、せいぜい可愛がって育ててください」といった医師の言葉を、彼はそのまま信じていたのかもしれない。それに二組の祖父母が加わると、家族の中で元に優しくないのは私だけだった。四面楚歌というほど深刻なものではなかったが、私はひとり苛立っていた。

ダウン症の子供は全身の筋力がとても弱く、放っておくと太ってぶよぶよしてしまう。なかなか歩けない元に運動をさせるには、水の中に放り込むのがいちばんと、二歳半からベビースイミングのクラスに入れてみた。元は最初から水を怖がらなかった。そのことがとてもうれしかった。

実は私は水が怖い。子供の頃は洗面器の水に顔を近づけただけでドキドキするので、濡れたタオルで顔を拭いてごまかしていたほどだ。そんな私が水着になり元を抱いて、胸まで浸かる深いプールに入った。

子育て中、どこからか現れてくる、自分でも知らなかったもう一人の自分に対面することが何度かあった。小さい頃から人見知りが強く引っ込み思案で、大人になってからも、できれば人の後ろに隠れて人生をやり過ごしたかった未熟な私は、いつしか別バージョンの私と入れ替わっていった。人の後ろにいたのでは、この子に陽が当たらないじゃないの！　新しい私は静かにそう叫んでいた。

しかし、プール通いは周りに不評だった。基本的に元は水が好きではあったが、特に大きくなってからはいつも機嫌よくプールに通ったわけではなく、いやがってごねることもあったし、行ってもプールサイドに座り込んだまま一時間が終わることもあった。祖父母から見れば「可哀相に」で、夫に言わせれば「ナンセンス」だった。「水泳選手にでもするつもりか」と彼は言った。

水泳と並行して、ダウン症児のための幼児教室に電車を乗り継いで通い、健常児との統合教育をしている幼稚園を探し出してはまた通い、地元の小学校の普通級に入学を許可されると、請われるまま母子で同じ教室に座り、一緒に遠足にも行った。

そうこうするうち、元は歩いて三分の小学校まで一人で通学できるようになり、目が回るようだった日々に少し落ち着きが戻ってきた。

元が四年生を終えようという年の正月、突然夫から告げられた。

「好きな人がいる。離婚して欲しい」

面と向ってそういわれるまで何も気づかなかった。おのれの迂闊さに声もない。しばらくして彼は着替えと仕事道具だけをまとめて家を出ていった。二十二年間に及ぶ結婚生活があっけなく終わった。

私は四十四歳になろうとしていた。

ホストファミリーが決まった

二〇〇一年一月一日

とうとう二〇〇一年がやってきた。

『2001年宇宙の旅』が日本で封切られた時、私は大学生だった。巷の評価は「素晴らしい」と「わけがわからん」の真っ二つに分かれていて、いったい自分の感想はどちらになるのだろうと、それも楽しみで映画館まで足を運んだ
『美しく青きドナウ』の旋律にのせて、宇宙船がゆっくりとステーションを離れ、漆黒の宇宙に向けて白鳥のように旅立ってゆく、その大画面の映像の美しさ、スケールの大きさに、私は圧倒され押し付けられて座席に沈み込んだ。

「ああ、あんな風に宇宙旅行ができるようになるのか、二〇〇一年になったら」と、海外旅行にも行ったことのなかった私は単純に憧れた。そしてその時自分は何歳だろうと考えた。ちなみに映画の感想は「素晴らしい！　けど、わけわからん。だけど好き」というものになった。

その二〇〇一年がやってきたのだ。しかし計算通りになったのは年齢だけである。

ひとりで気楽だった私は二人の子持ちになり、人付き合いが苦手だった私は多くの人を相手にする仕事に就き、臆病で出不精だった私は海外旅行にも出かけていくようになった。宇宙旅行はまだ実現していないが、私の興味は外の宇宙よりも人の内側の宇宙へと、その向かうところを変えつつある。宇宙へ飛び立たない私のかわりに、今年息子の元がアメリカに旅立とうとしている。元にとってのアメリカは宇宙、飛行機は宇宙船に匹敵する。

さて、どんなモノリスが行く手に待ちうけているのだろうか。

一月十日

夜、小栗監督より電話。いつもゆったりと話す監督の声が心なしか弾んでいる。ついにホストファミリーが見つかったのだ。

三が日が過ぎてから監督が何度目かの渡米をしたことは聞いていた。今度こそ、との思いが誰の胸にもあったから、お正月にふさわしく本当にめでたい話だった。だが一体どんな人たちなのだろう、元と淳のアメリカでの両親になる人とは……。

(この頃には私の意識の中で二人は兄弟になっていたので、敬称は落ちている)

それは、めでたいだけでなく驚くべき話でもあった。

子育ても仕事も一段落したベテラン夫婦で、暮し向きは中の上。家の中はいつもきちんと片付いて庭の手入れなども怠りなく、悠々自適の生活に入りつつある五十代半ばの……

などという、私が漠然と思い描いていた陳腐きわまりないホストファミリー像を、監督の話は力強く一蹴した。

アリゾナ州フェニックスに住むキャサリンとマークのルビ夫妻はともに三十四歳、子供はいない。マークはコンピューター技術者として企業に勤務し、キャサリンはフェニックスのペリーセンターというところで働いている。

キャサリンには「ベスト・バディズ」というプログラムの州最高責任者の肩書があるが、この「ベスト・バディズ」とは、障害者と健常者がペアを組み、一つの学習課題を学ぶことで、一対一の友人関係を築けるようサポートする取り組みなのだそうだ。

それを聞いて、なんと素敵なアイデアなんだろうと思った。しかし一体どんな風に運営されているのだろうか。そこを映画で見たいものだ。

キャサリンが毎日通っているペリーセンターの建物の中には、学校を卒業した障害者のための作業所も併設されているという。だから元はキャサリンの出勤時に車に同乗して、その作業所に通うことができるのだ。これは予想外のことだった。

撮影のためには、元は現在所属している作業所を長期にわたって休まねばならない。淳も高校を長期欠席する。作業所も学校も、快く二人を送り出してくれようとしているが、親としてはいちばん気掛りな点であった。

休日はアリゾナのスペシャルオリンピックスのプログラムに参加することになっていた

が、普段の日中をどのように過ごすかは、ホストファミリー次第というところがあるので、ずっと未定のままだったのだ。まったく願ってもない展開である。淳の通学先もギルバート高校というところに内定し、あとは校長と本人との面接が残っているだけだという。

社会人一年生の元は作業所へ、高校生の淳は高校へそれぞれ通い、休日にはスポーツプログラムに参加する。これなら普段の日本での生活と変わりはない。ただそれを、場所を移してアメリカでやるというだけだ。あとは二人の環境順応力と、英語でのコミュニケーション力にかかってくる。

ところが自慢じゃないがこの点では二人とも人後に「落ちる」のだ。まったく小栗監督は勇気あるキャスティングをしたものだ。

勇気といえば、ルビ夫妻、特に二人の母親役を引き受ける、若いキャサリンの勇気には脱帽だ。三十四歳というと、ちょうど私が元を授かった年頃である。振り返って、自分の幼さに恥じ入るばかりだ。

彼女は障害者と身近に接する環境に身を置いてはいたが、もし自分の家族が障害者だったら、と考えることがあったらしい。本当に家族として受け入れることが自分にできるのだろうか、と。

今回のホストファミリー募集を職場のファクスで知ったキャサリンにも、葛藤はあっただろう。もちろんマークにも。しかし相談した両親に「お前たちみたいな子供に、そんなことができるものか」と反対され、かえって二人の決意は固まったという。

「できるかできないか、やってみようじゃないか」

こうなると映画『ａｂｌｅ』は二人の若者の成長物語というに留まらず、二人の大人も巻き込んだ、仮想家族四人の挑戦物語という趣きになってきた。

ルビ夫妻はフェニックスという町に一軒家を構えている。

小栗監督は、ホストファミリーが決まったらその家の近くに家を借りて、そこを撮影の拠点にしようと考えていた。そうはいっても、都合よく近くに空家があるとは限らない。不動産屋を回ってじっくり探すつもりでいたところ、なんとルビ家の並び、それもほんの三軒先に、ルビ家と全く同じ間取りの家が空家になっているのを発見したという。

「この時は鳥肌がたってね」と、後に監督は語っている。

とはいえ、契約の交渉は少々難航したそうだ。東洋人だし、短期間しか住まないというし、おまけに血縁関係のない、年代もまちまちの男女のグループである。怪しいカルト集団ではと疑われたのだろう、とは監督の弁である。それでも結局、信じられないほど好条件のその家が、スタッフの拠点となることに決まった。これら一連の経過を監督から電話で聞かされて私は唖然とした。

「夢を実現する」とはこういうことか。

意味のある偶然がいくつも重なり、まるで矢印のように人を導いていく。本の中でならいくらでも読んだことのあるそんなストーリーが、今私の目の前で現実に繰り広げられているのだ。この物語がどこへいこうとしているのか、跡をつけていってこの目でしっかり見届けよう、とわくわくしながら私は思った。

「四十四歳・資格なし・特技なし」

さて離婚はしたものの、これからどうやって暮らしていくのか、見通しなど何もなかった。幸い住むところの心配はさしあたってない。私たち四人家族は義父の所有する集合住宅の一階部分に住んでいて、夫だけがそこから出て行ったのだから、残る三人は今まで通りそこで暮らせばいいわけだ。まあそのためには、恥をしのんで隣近所に事情を話す、という手続きが必要だったが。いや隣近所はまだよい。問題は子供たちに説明せねばならないことの方だった。

長男は十五歳になっていたので、私の話を静かに聞いた。父親からも聞かされていた。微動だにしないその静かさが痛々しかった。そしてまだ十歳で、お父さんが大好きな元にはとうとう言えなかった。言っても理解できないだろうというのが、自分に対する言い訳になった。

元には言わないと決めたことで、必然的にもう一つの決心をすることになった。それは、私の気持ちとは関係なく、子供たちが望めばいつでも父親に会えるようにしていこう、ということだった。それは思ったよりうまくいった。何の先入観もない元は、父親との新しい関係をすんなりと受け入れたのだ。

元の中にも、もちろん喜怒哀楽の感情はある。人一倍といっていいほどだ。しかし「恨み」とか「ひがみ」などという長く尾を引くような複雑な感情は存在しない。そのこともやはり「障害」とみなされるのだろうか。

ところで、長男が生まれてからの十五年間、私はずっと専業主婦だった。たまに夫の仕事を手伝うこともあったが、元が生まれてからはこの子を育てることが私の主な仕事になっていた。そんな私が四十四歳にして突然職探しをするはめになったのだ。

まだ小学生の障害児を抱えて職安へいっても始まらないだろうと、近くの福祉事務所を訪ねてみたが、そこでなんと、生活保護を受けることを勧められてしまった。そんなことは考えてもいなかったので、びっくりした。今なら、そんな選択もよし、と受け止められるが、その時は非常に抵抗があった。

夫に去られた中年の主婦で障害児を抱えている、となれば、確かに相当悲惨な状況かもしれないが、実際のところ私は健康で、けっこう元気だったのだ。子連れの熊のように気が立っていたという方が正確かもしれない。

怒りは人にパワーを与える。子を守ろうとする母性本能もまた。もしかしたらあの時期、私は人生でいちばんパワフルだったかもしれない。

生活保護以外の選択肢としては技能訓練を受けるという道があった。これは公費の補助を受けながら、就職に役立つ技能を訓練校で身につけるというものだ。

へーえ、そんなありがたい制度があるとは知らなかった。新しく何かを学ぶ、という考えはなかなか魅力的である。わくわくしながらパンフレットを開くとそこには「タイプライター」「歯科技工」「電気工事」「ビル管理」など、見るからに堅そうな技能名が並んでいる。「英会話」「心理療法」「文章作法」「パン作り」などといった女性好みのジャンルは見当たらない。まあそんなものが公費で学べるようでは、離婚率が上昇してしまうか。

目の前のケースワーカーの女性は、しきりに歯科技工士の資格を取ることを私にすすめている。

「あなたにはこれが合っていると思いますよ。知的なイメージもあるし、いいんじゃない」

歯医者さん関係はちょっと……などと、子供じみたことを言うわけにもいかず、

「家でよく考えてみます」

と、パンフレットだけ貰って逃げ出すことにした。

贅沢を言っている場合でないことは百も承知していたが、どうしても気が進まなかった。何が嫌といって、あの福祉事務所のなんとなくどんよりした活気のない雰囲気が嫌だった。ケースワーカーの安っぽい、でれっとした服装も嫌だった。そういう私の着ていたものもスーパーで買ったTシャツにジーンズという、超のつく安物であったのだが。

とにかく、この門をくぐると嘆きの演歌路線まっしぐら、という危うい瀬戸際までいって引き返してきた気分であった。

次なる手は新聞の折り込み広告であろう。

かつては折り込みではなく本紙の求人広告から、面白そうな仕事をピックアップする楽しみもあったのだが、そんなことは二十代の女性という特権階級にだけ許される贅沢であった。現実の私はいつの間にか年齢制限の壁の遙か彼方へと追いやられていたのだ。しかしそんなことで落ち込んでいる暇はない。

「四十四歳、資格なし、特技なし」

この条件で拾い集めた求人広告は、賄い婦、掃除婦、お運びさん、工員、着物や宝石のセールス、などである。これらの中から、通勤時間が長いもの、勤務時間帯が合わないものをまず除く。とにかく元の暮らしにしわよせがいかないことが第一条件だ。性格的に辛いセールスも除く。賄い婦は住み込みだったのでパス。和服を着る仕事も気が進まず、残るは掃除婦か工員か、ということになった。

幸いどちらもそう嫌ではない。とにかく一人で黙々と仕事をこなす、というのは私の性に合っていそうな気がした。

工員の求人は複数あった。今度は扱っている品目を重点的に見る。

「電子機器」「車の部品」「プラスチック製品」「チョコレート」……これはちょっと目が止

まったが、チョコレートの匂いの中に終日いるところを想像したらむせたのでやめた。

「メガネ」これはどうだろう。

想像してもむせない。埃っぽくはなさそうだ。じめじめしてもいないし、ガンガンうるさくもないだろう。勤務地を見ると自転車で五、六分の距離である。一度見に行く価値はありそうだ。さっそく自転車に乗って面接を受けにいく。

面接会場の本社ビルはターミナル駅から一、二分のところにあった。面接官はどこか沖縄のシーサーを思わせる人で、一通りの面談が済むと隣接する工場へ案内してくれた。シーサーは工場長であるらしかった。

工場といっても体育館のようなだだっ広い所ではなく、ビルの中のいくつかの部屋に分散していて、一つ一つの部屋は手仕事の工房といった雰囲気だ。部屋に足を踏み入れるとすぐに、机の上のたくさんの顕微鏡に目を奪われた。

白衣を着た中年の女性たちが、窓を背に座って顕微鏡を操作している。その光景を見て、中学時代大好きだった理科の先生と、その授業を思い出した。プレパラートに薄く薄く切った玉葱の皮をそっと乗せ、わくわくしながらレンズをのぞいた少女の日のことを。

部屋の壁にかけられたレンズの見本にも私は魅せられた。ピンクや紫やグレーや薄茶の円いレンズが、まるで昆虫採集の標本のようにケースの中に濃淡ごとにきちんと並べられていて、とてもきれいだった。どうやらレンズであれば、カメラだろうが、顕微鏡だろうが、メガネだろうが、私の気を惹くらしかった。
よし、ここで働こう、と私は決めた。
決定権はシーサーにあるのだということなどすっかり忘れていた。

人生ゲーム

メガネ工場でのパート仕事は楽しかった。

「どんな仕事なの」と高一になったばかりの長男に聞かれて、「ベルトコンベアのベルトのような仕事よ」と答えたものだ。

作業は工程ごとに別々の部屋で行われているので、一工程を終えた製品は次の工程の部屋へと誰かが運ばなくてはならない。その誰かが私だ。

その部屋も隣りや向いにあるばかりでなく、別の階だったり別のビルだったりするので、行ったり来たりがけっこうな運動量になる。最初のうちは足がむくみ、家にかえるとベッドに倒れ込んで足を休めねばならなかったが、じきに慣れた。

慣れると今度は仕事の能率を上げることに打ち込んだ。つまり早足で歩き、素早く階段の昇り降りをすること、そして製品の流れが滞らないよう常に目を配っていることだ。

同じ課内にそのスピーディな動作で際立っている先輩がいたので、密かに彼女の真似をしてみた。そのうち向うも私の企みに気づき、笑って挑発してくるようになった。

仕事の速さを競い合うのは、まるでスポーツのようで楽しい。しかし課内の他のメンバーにはあまり評判がよくなかったようだ。「まったく落ち着きがないわねえ、あの二人」というわけだ。

私が必要以上に身体を動かしていたのは、頭が働きださないようにするためだった。今、何かを考え出せば、ろくなことにならないのはわかりきっている。

去っていった夫への恨み、障害のある子の将来、高校に入学したばかりの長男の教育費、いずれ他所に探さねばならない家のこと、そして時給八五〇円で働いている私……それらをよくよく考え詰めれば明るい未来が開けてくる、というならいくらでも考えよう。でもこんな侘しい材料ばかりどう組み合わせたところで、出てくる結論は人生の最後を三面記事でしめくくる類いのものだろう。

ならば考えるだけ無駄。頭を悩ませるものは夕飯の献立ぐらいにしておこう。とにかく今日一日、機嫌よく生き延びられればそれで良いではないか。

幸い元は、地元の小学校で先生や級友たちに助けられながら、曲がりなりにも子供らしい学校生活を送っていた。たまに、服に揉み合ったような跡があったり、顔や手に擦り傷をつけ憮然とした表情で帰ってくることがあったが、それはいじめられたというより、対等にけんかをしてきたものらしく、遊びに来た元のクラスメイトたちがその武勇伝を伝えてくれた。担任の先生もいちいち大ごとにしたりしなかった。それは本当にありがたいことだった。

長男も、受験勉強の追い込みの時期に両親が離婚するという、とんでもない被害に会いながらも、希望の高校に首尾よく入学を果たしていた。

まったく二人ともよく頑張っている。この過酷な境遇は二人には何ら責任のないことで、もう災難としか言いようがない。私だって、と言いたいところだが、何故かトーンダウンするのを隠せない。きっと子供たちほど私は無罪ではないのだ。

まあ起きてしまったことは仕方がない。とりあえずは、いいこと、楽しいことを、焚き木のように拾い集めて暖まろうか。

夕餉のあとの団欒。これがなかなか曲者だった。

メンバーが一人欠けたチームは、弱体化しないよう残るメンバーがそれぞれ守備範囲を拡げる必要がある。それは、ついこの間まで四人で囲んでいたテーブルを三人でカバーしなければならないということだ。

当面はチームの結束力を高めることが最優先であるからして、食後は三人で「人生ゲーム」をやることにした。何故に「人生ゲーム」なのか。特に深い意味はない。たまたま家にあったのかもしれない。元にお金の扱い方を教えようとしたのかもしれない。

とにかく毎晩毎晩飽きもせず食後のテーブルにゲームボードを広げ、ルーレットを回してはコマを進めて、大もうけしたり、会社を興したり、別荘を買ったり、破産したりした。最後には手元の札束を数えて、本日の収支とそれぞれの順位を記録した。

実をいうと、ボードゲームもカードゲームも私はあまり得意ではなかった。テーブルの上でするゲームというものに、どうも興味を感じられなかったのだ。もちろん子供の頃、家族そろってトランプなどすることはあったが、それも純粋な楽しみというよりは、家族の一員としての義務感がかなりの程度混じっていたような気がする。

まっとうな家族というのは食後の団欒にトランプや、ボードゲームをして興じるものだという刷り込みが、どこかでなされたのであろう。そしてその同じ刷り込みが、今私をして「人生ゲーム」に向わせている。

一見楽しそうに遊んでいる長男は、もしかしたらかつての私のように、役割を演じているだけかもしれない。もしかしたら、どころではない、彼はもうれっきとした高校生なのだ。離婚直後の母親と、知的障害の弟を抱え、自らも父親に見捨てられたのかという思いに耐えつつ、心から楽しくゲームに興じている、などと考える方がよほど不自然だ。

元は、元はどうだろう、楽しんでいただろうか。

楽しそうではあった。大好きなお兄ちゃんが一緒にしてくれることなら、何だって元はうれしく楽しいのだ。父親の席が空いているのに「お父さんは」と一度も口にせず、彼にとってはかなり難しいゲームに一所懸命ついてきていた。なんのことはない、毎晩テーブル上で繰り広げられていたのは、「人生ゲーム」ならぬ三者三様の「家族ゲーム」であったのか。

それでもそこにはいつも笑い声があった。悲劇の影など無縁だった。それには元の存在が大きな役割を果たしていたと思う。彼がいるだけで、状況はなんとなく喜劇味を帯びてしまうのだから。

無力なはずの元の底力を、私が意識し始めたのはこの頃からである。

出発前夜

二月三日

節分の夜、ディレクターズシステムに『ａｂｌｅ』にかかわる三家族が集合した。九州から上京した佳恵さんとお母さん、そして東京在住のお兄さん。淳君とそのご両親。そして元と私である。

初めて会う佳恵さんは、元や淳よりもよほどお姉さんに見える。表情豊かによくしゃべりよく笑う佳恵さんは、事前に知らされていなければ障害があるようにはちょっと見えない。しかし一見わからないのは、良いようで実はかえって大変な面もあるのだ。周りの人の理解がなかなか得られないし、本人もそのことで悩んだりする。それを見守る親にはかなりの度量が必要となってくる。

そういう親子を幾組も間近で見てきたので「障害が軽くてよかったわね」などとは軽々しく言えなくなった。軽かろうが重かろうが、障害とともに生きるのは楽ではないし、心配する親の気持ちに何の変わりもない。それでも佳恵さんのご両親も、高橋さん夫妻も、私も、気持ちを明るい方へ明るい方へと切り換え続けた。

スタッフに加わる佳恵さんは、小栗監督、カメラの松永さんとともに翌日にはアリゾナへ飛び立つことになっていた。元と淳は一足遅れて、花井さん、細川さんと七日に出発だ。今夜は撮影の開始を祝って『ａｂｌｅ』映画制作基金世話人の皆さんと夕食をともにすることになっていた。壮行会というわけだ。

会場の中華料理店へいく前に、監督がアリゾナで撮って来た写真をパソコン上に再現して見せてくれる。テーブルのノートパソコンに皆が顔を寄せた。初めて目にするキャサリンとマーク、そして彼らの家である。

キャサリンは、そのちょっと堅苦しい肩書きから受けるイメージとはずいぶん違って、肩まで届くダークな色合いの豊かな金髪、ぱっちりした大きな眼が、情熱的な印象の若々しい女性だ。

「若いわねえ」、「きれいねえ」、「お姉さんみたい」

そしてマークには、

「わあー」

みんな思わず声をあげた。とても大きくて、太っていて、強そうなのだ。

「おすもうさんみたい」と、誰かがいった。これが元と淳のアメリカのパパかあ。うーん迫力あるなあ。元、大丈夫かな、圧倒されてしまうのでは……。

マークは元アメリカンフットボールの選手だったというから、ただ太っているのではなく鍛えてもあるのだろう。私の苦手なマッチョの部類に入るのかもしれない。この体格なら食べる量も半端ではなさそうだ。ふと不安が胸をよぎる。

元はとても太りやすい体質で、同じ献立をとっていても、兄はガリガリなのに元はムクムク太ってしまう。食事のカロリーにはけっこう気をつかうのだ。だがステイ先の食事に注文をつけるのもはばかられるし、えーい、こうなったらなるようになれ、と開き直るほかない。

ルビ家のリビングルームは我が家と違って広々している。二階へ通じる階段の白い手すり、ゆったりとした布張りのソファ、洒落た籐の椅子とテーブル、そして我が物顔に悠然とふるまう猫が、一匹、二匹、三匹。

猫がいるのはいいなあ。我が家でも昔は猫を何匹か飼った。元がはいはいしている写真には、まるで姉さんのような眼差しで元を見守っているニャンコが写っていたっけ。しかし集合住宅の三階に住んでいる今は、猫も犬も飼うことが叶わない。

ルビ夫妻の二階建ての家には、三つのゲストルームと二つのバスルームがあり、子供たちはそれぞれに一部屋を与えられるという。いいなあ。

それからもちろん庭もある。キャサリンは子供たちと花壇の手入れをしようかと考えているそうだ。いいなあ。マークは早朝ランニングなんかどうだ、と思っているらしい。かっこいいなあ。まるで絵に描いたモチ、じゃなかった、絵に描いたような素敵なファミリーだ。

「ねえ、これじゃアメリカの家の方がよくなっちゃうんじゃないかしら」と、画面を見ていた高橋さんが振返っていったが、その笑顔は本気で心配しているようには見えなかった。

一方、私はけっこう本気で心配になってきた。何しろ我が家は足りないものだらけだ。猫とパパに限ったことではない。もしアメリカの家の方が元にとってより良い環境であると判明したなら、私は元を手放せるだろうか、などとルビ夫妻の都合などおかまいなしに、勝手に物語を紡ぎはじめていた。

実は、元がアリゾナへ出発するその日の午後、私は入院する手はずになっていた。七、八年もの間だましだましつき合ってきた子宮筋腫が、我慢できないほど大きく育ってきて妊娠七か月位のおなかになっていたのだ。

十一月半ば、まだ引っ越してきたばかりの町の大学病院へ、その大きなおなかを抱えて初診を受けにいったら、担当の医師から頭ごなしに叱られた。

「これじゃ手術するんだって大変だよ！」

もう開腹手術以外手だてはなく、血液検査やＭＲＩのあと、すぐに手術日の相談ということになった。元の出発日は二月の初めというだけでまだ決まっておらず、といって予約しておかないと元が帰国してから手術、などということになりかねない。えい、この辺なら大丈夫だろう、と決めてしまったのが二月九日。入院はその二日前の七日である。

はらはらしながら待つうち、出発はまさに二月七日と決まった。

そういうわけだから（ああよかった、見送れる）とほっとする反面、一抹の不安も隣り合わせにあったのだ。

子宮筋腫自体は良性の腫瘍で、手術で取り去ってしまえば予後の心配もいらないそうだが、私の場合は子宮全摘出である。そうでなくても手術に万一はつきものだ。ちょうど医療ミスの報道が相次いでいた時期でもあった。七日の朝、元を見送ってそれっきり、という可能性だって皆無とはいえない。そんな揺れる思いの中から浮かんできた養子物語でもあったのだ。

約束の時刻になり、皆でタクシーに分乗して六本木の中華料理店へ向かった。

迎えてくれたのは『ａｂｌｅ』映画制作基金世話人の代表でもある細川佳代子さんと『ａｂｌｅ』スタッフの細川裕子さんだ。全員で十二名いる世話人の方々も次々駆けつけてくださり、二つの円卓を囲んで話に花が咲いた。世話人会が発足したのは昨年三月のことだったというから、一年近くを準備に費やしてきたわけだ。

これこれこういう映画を撮りたいと、まず監督がヴィジョンを描く。それを人に伝え続けていると、その夢に賛同する人たちが集まってくる。「この指とーまれ」と子供の頃やっていたのと同じだ。子供時代と違うのは、集まった人たちが自発的に、それぞれの得意分野を生かした協力を申し出る点か。

この世話人会は資金調達の面で『ａｂｌｅ』をバックアップしようという人々の集まりである。他の人の描いた夢のために、自分のものにはならないお金を集めてくる。そこには何の強制も、見返りを期待する心もない。ただ一緒に一つの夢を見、それが実現する日を楽しみに待つだけだ。なんて大人らしい行為だろう。

今まで私の身辺にこういう人たちはいなかった。私が見たのは、世間のしがらみにしばられていやいやお金を出したり、集金係になって文句をいう姿ばかりだった。私もその一人だったことは言うまでもない。

そんな時でもこういう素敵な大人たちはちゃんと世の中に存在していたのだ。ただ私の狭い視野には捉えられなかっただけだ。その事実に気づいて私はとてもうれしく、そしてちょっと自分を恥ずかしく思った。

いろいろな場面でいろいろな人たちの協力を得て、言い出しっぺの監督は一歩一歩夢への距離を詰めていく。

それにしても、元のところに話が来たのは昨年（二〇〇〇年）十月のことで、世話人会発足からはすでに七か月が経過していた。その間監督と花井さんは、仕事の合間をぬってただひたすらスカウト行脚をしていたことになる。なんとまあ、気の長いというか、粘り強いというか。

しかし世の中で何かを成そうとするなら、多かれ少なかれこのようなステップを踏んでいくものなのだなあと、家事、育児、パート仕事に明け暮れ、全くの井の中の蛙であった私には、新鮮な驚きだった。

その長い準備期間を経て、いよいよアメリカでの撮影へと歩を進められることになっためでたい夕べである。大人たちがあれこれ語り合っている中、おそろいの赤いフリースを着た元と淳は、回るテーブルに次々運ばれてくる料理を一心に頑張って幸せそうだった。

不登校！

「渡辺さん、電話」

仕事中の工場に呼び出し電話がかかった。時計を見るとまだ十時前だ。一体誰だろう。

「学校の先生」

と、受話器を渡されドキッとする。元に何かあったのだろうか。

しかし出てみると相手の声は元の担任の先生とは違って男性だった。長男の零《れい》が通う高校の担任であると彼は名乗った。

「渡辺君、最近全然学校に来ていませんが、どうしたんでしょうか」

受話器の向うで先生の言っていることが、すぐには理解できなかった。零は今朝も元気に登校している。きのうも、おとといも、だ。しかし担任はそうではないと言う。

入学式以来、四月中は休みがちではあったが何とか来ていた。しかしゴールデンウィーク明けからは全く顔を見ない、と言うのだ。もう五月も半ばを過ぎていた。

その電話を何と言って切ったのだろうか。頭の中は空白のようでもあり、逆に何かが充満しているようでもあり、とにかく全く機能しなくなっていた。

「帰らなくていいの？」

誰かが背後から声をかけた。子供の具合でも悪いかと思ったのだろう。

「大丈夫、ありがとう」

なんとか返事をしたが、大丈夫どころではなかった。

その電話の後も私の身体は引き続き職場にあったが、心はどこか別の場所へ漂い出ていた。電話などなかった。何も聞かなかった。そういうことにできたらどんなにいいだろう。心ここにあらずのまま帰宅し、それでもいつものように元とおやつを食べ、茶碗を洗い、洗濯物をたたんだ。

五時過ぎに零は帰ってきた。どこといって変わったところのない、いつもの零である。こんな時、一体何と言えばいいのだろう。

「担任の先生から電話があったよ」

それだけ言うのに口が乾いた。その一言で零の表情は変わった。身体つきまで変わった。一瞬で私の知らない人になってしまった。

翌日から零は大っぴらに不登校を開始した。

零は十六歳になるこの日まで、問題らしい問題を起こしたことは一度もなかった。

弟の元が生まれてからはずっと優しいお兄ちゃんで、母子家庭になってからも気丈な長男としてふるまっていた。私の心配はもっぱら元に向けられ、零については安心しきっていたところがあった。その分ショックも大きかった。

それから、なんとか登校させようとする学校側と、ますます頑なになる零との間にはさまって、私の長く苦しい日々が始まった。

最初のうち私は担任と一緒になって零を説得にかかった。何といったたって頑張って合格した第一志望の高校である。先々就職にも有利なはずだった。

「君が合格した分、誰かが一人不合格になったんだぞ」

担任がいうのを聞いて自分が責められたような気がした。

しかしこちらが言えば言うほど、零は退いていった。表情も固く険しくなり、ついには一言も口をきかなくなった。そして昼間もカーテンを引いた自室にこもってしまった。優しく茶目っ気もある子だった零のそんな変貌ぶりを見て、胸の潰れる思いがした。

三月の離婚からまだ二か月ちょっとしか経っていなかった。

「知的障害」、「母子家庭」、「不登校」

神さま、あなたは相当ブラックな方だ。これで私に三題噺でも作れというのですか。

朝日が射しても私はふとんから出る気になれなかった。零と一緒に引きこもってしまいたかった。しかし我が家にはまだ元気に登校する元がいたのだ。

知的障害があるとはいえ、元は実はそれほど能天気ではない。家の中で何か異変が起っていることは充分承知していた。そういうことには猫のように敏感なのだ。

そしてどうしたかというと、まるで何事もないかのように、いつも通りのペースで彼の生活を続けた。いつもと違ったのは、時々「お・か・あ・さん」と私に呼びかけ、にっこりと笑ってみせたことだ。そして私の手を煩わせることなく、いつまでも寝ている兄を尻目にさっさと登校していった。

こういう子を持てば、相当いい加減な母親でもしっかりせざるを得ない。私は元の朝食を用意するために、自分に掛け声をかけて起き上がった。そして、人のために何かができるのは素敵なことだと思った。

零の高校には専任のカウンセラーがいた。零と私はそのカウンセラーを訪ねることを学校から義務づけられた。

私はカウンセラーなどまるで信用していなかった。弟の元のために障害者手帳の申請や更新をしたり、進路相談をする際、カウンセラーとの面談を何回か経験したが、親以上に子供の置かれた状況を把握できるカウンセラーになど出会ったためしがなかった。

それでも零は案外素直に、学校内にあるカウンセリングルームまで私と一緒に出向いた。私も担任もちょっと拍子抜けするほどだった。

約束の時刻より少し早目に着いた時、カウンセリングルームには誰もいなかった。廊下で待っていると、向かいの事務室から朗らかな笑い声とともに大きな湯呑みを手にした女性が出てきて、私たちに気づくとその笑い顔のまま会釈をくれた。それがカウンセラーの野口先生だった。

野口先生は四十代半ばだろうか、私と年はそう違わないのかもしれないが、とても安定感のある女性だった。その話し方は型にはまらずのびのびしていて、今まで会ったどのカウンセラーとも違っていた。

一回目の面談で、担任の心配しているいじめの問題はないと、野口先生は断言した。

「渡辺君は一見おとなしく見えるけど、いじめにあうタイプではないと思いますよ」

その言葉がどんなにうれしかっただろう。私も、きっと零も。

私はもちろんそのことを知っていた。けれど親の言葉など誰が信用してくれようか。このカウンセリングをきっかけとして、零は私に学校に行きたくないわけを、拙い言葉ながらぽつぽつと話してくれるようになった。

校風に馴染めないこと、美術の時間が全くないとは事前に気づかなかったこと、そのため一応受験もした美術系の職業高校のことが気になっていること……。

そうだったのか、と思う反面、それはただ楽な方に流れようとしているのではないか、逃げを美化しているのではないか、という疑念も簡単には振り払えなかった。

しかし野口先生のアドバイスはごくシンプルだった。

「渡辺君の場合は逃げではなく、本当にデザイン系の勉強がしたいのだと思います。ここのような理工系ではなくね。こんなことをいうと学校から叱られそうですけど」

そうか、野口先生は一応学校サイドの人であるから、生徒を無事復学させることを暗に求められていたのだ。それでも彼女は迷わずカウンセラーとしての本来の責務を果たしていた。つまり相談者の利益を最優先することだ。当たり前のことかもしれないが、ちっとも当たり前が通らない世の中、特に学校の現場を見慣れた身には、なんだか感動ものであった。野口先生の言葉に励まされて、ようやく私は自分の息子を全面的に信じて応援していく決心がついた。

それまで私は自分をけっこうリベラルな人間だと思っていた。しかしこの不登校騒ぎで化けの皮がすっかりはがれてしまった。実は偏差値信仰に陥って、子供の適性を軽視していたではないか。知恵遅れの子を産んだという引け目を、もう一人の子のできのよさを証明することで埋め合わせようとしていたのではなかったか。あな、おそろしや。

思えばこれが人に助けを求めるという、私にとって生まれて二度目の体験だった。一度目は幼い元のトレーニングに人手を借りた時だ。

人に助けてもらうことを私はずっと恐れていた。そんなことをすれば自分に価値がなくなるように感じていたのだ。しかし想像とは違って助けてもらうのは、みじめでも不快でもなく、なんだかほっと、やわらかな気分にさせてくれる体験だった。

カウンセラーっていい仕事だなと、初めてそう思った。学校や教育委員会のためでなく、目の前で困っている母子のために動いてくれる人がいた。人のために何かができるのは、やっぱり素敵なことなのだ。

零はそれからもしばらくの間カーテンを引いた自室に閉じこもって、食事時以外はほとんど眠っているようだった。しかし私が一切の口出しをやめ、本気で零の味方にまわったことは徐々に彼に伝わっていったのだろう。いつしか食事のあとも居間のテーブルで新聞など読むようになっていた。そんな時を捉えて、気恥ずかしさを乗り越え声をかけた。

「最後の一人になっても、私はあなたの味方だからね」

零は返事をしなかったが、私も退かなかった。弟が生まれてからの十一年間、いつも二の次の扱いを受けてきた零は、今一〇〇パーセントの注目を必要としていた。私は罪ほろぼしのつもりでそれに取り組んだ。許してもらえないかもしれないが、やるだけのことはやってみよう。

一か月ほどすると、零は家の中では普通に過せるようになった。

学校には留年を前提として休学願いを提出したことも、零の気持ちを安定させるのに役立った。私の方も、零にああして欲しい、こうなって欲しいと勝手な期待をかける気持ちを手放すことで心の安定が得られるようになった。

以前から元に対してはそうしていた。毎日元気で笑顔がありさえすればそれでいいと。

だったら零だってそれでいいのだ。何故こんな単純なことに今まで気づかなかったのだろう。

あの奈落の底へ突き落とされた電話から一年後のゴールデンウィーク、我が家には普段通りの明るさと、のんびりした雰囲気が戻っていた。

零は休学していた高校をやめ、二月にもう一度高校受験のやり直しをした。そして希望通り職業高校でグラフィック関係の勉強ができることになった。これらすべてを彼は自分で決め、一人で手はずを整え、行動した。もう親の出番はなかった。

たった一年で力強くよみがえった彼の生命力はすごいと思う。それ以前に（何かおかしい）と感じ、敷かれたレールから外れてみせた勇気にも感心する。もしあそこで零が反乱を起してくれなかったなら、私は相変わらずひとりよがりの教育ママの域を出ることはなかったろう。そして、この一年間の我が家を陰で支えていたのは元だったのではないかと、改めて思った。

生まれつきレールから外されていたような元が、文句もいわず笑顔で暮らしている姿を見れば、ずっと恵まれているはずの私たちが、ひ弱であって良いはずはない、とわかる。とにかくこの大変な試練の一年をくぐり抜けたことで、私たち一家の絆は一層深まった。零とは親子を卒業して、信頼できる友人の関係になれたような気がする。

それは一方的なそっちの片思いだ、と零は笑うかもしれないが。

それぞれの旅

二月七日

元と淳がアリゾナへ向けて出発する日は、朝から小雨が降っていた。

大きなトランクはすでに宅急便でディレクターズシステムへ送ってあったので、元は小さなリュックとウエストポーチという軽装である。元を見送ったらその足で私は入院するので、傘は二人ともビニールのものにした。

今回の第一次撮影行は二月末までの三週間である。そのことを元も淳も一体どこまで理解しているのやら、不安そうな様子もないかわり、はしゃぐようなこともなく、学校の三泊四日の宿泊訓練に出かける時と変わりない表情である。引率は助監督の花井さん、アシスタントの細川さんの二人の若い女性コンビだ。

八景島で一緒にイルカのショーを観たあとも、ディレクターズシステムの野球チームに入れてもらい、休日の試合に参加したりしていたので、もうすっかり顔馴染みになっていた。ちなみに野球の対戦相手も障害のある人とない人の混成チームだそうだ。

ロケバスが迎えに来て、たくさんの荷物とともに元と淳も車中の人となった。窓から見える元の表情は、さっきまでの素っ気ないものから一転して、ぱっと明かりがついたような笑顔である。隣の淳にも笑顔が見える。おやおや、まるで親から開放されて喜んでいるようではないか。これからの長い旅と滞在の間、その輝くような笑顔がいつも元と淳の上にありますように。

ロケバスが動き出す瞬間、車中の花井さんがこちらに向けてカメラのシャッターを切った。思いがけないことで取り繕う間もなく、安堵と期待と、少しの不安と開き直りと、感謝と祈りとがないまぜになった笑みを浮かべ、傘をさして立ちつくしている二人の母親の一瞬がフィルムに焼きつけられた。

高橋さんと表参道で別れ、代々木上原の仕事場に置いてあった入院用のトランクを取ってくると、小田急線で慈恵医大第三病院へと向かう。

これから手術が待っているというのに足取りも心も軽かった。二週間の入院期間は、元が生まれてからずっと走りづめだった私の人生に、やっと訪れた長期休暇なのだ。しばらくは自分のことだけ考えて日々を過してみようか。

二月八日

手術前日。麻酔科の医師が病室に顔を見せた。眼鏡をかけた細身の好青年だ。

明日の麻酔についての説明と、いくつかの質問を私にしてから「何か?」とこちらを促す。「麻酔、楽しみにしてます」と勢い込んで言うと、彼はちょっと眼を見開いてから、声をたてて笑った。

本当に私は麻酔が楽しみだった。なにしろ生まれて初めての手術であり、麻酔であるのだ。麻酔が効いている間に、いろいろな夢や幻覚を見たり、とんでもないことを口走ったりすることがある、という噂はあちこちから聞こえてくる。ぜひ私もそういった体験をしてみたいものだ。

剃毛と入浴。夜は下剤と眠剤を服用する。睡眠薬も飲んだことがないので興味津々。サイドテーブルには日本時間とアリゾナ時間の二つの時計を置いた。時差は十六時間で昼夜が逆転している。

二月の冷たい雨が降る外の気候にかかわりなく、病室はふんわりと温かく、ベッドの周りはクリーム色のカーテンで囲まれ、柔らかな光に満ちた繭の中にいるようだ。元のことは信頼する人たちに預けてきたのだから心配の必要もなく、すでに成人している零のことはなおさらだ。しなければならないことは何もなく、持ってきた本を開いたり、日記をつけたり、音楽テープを聞いたりして過す。何と贅沢な時間であろうか。

ちょうどこれと似たような状況にいた時のことが、ふと脳裏によみがえった。

ベッドの周りにぐるりとカーテンをめぐらせ、一人でじっと横たわっていたあの時、元が生まれた日のことだ。

あの時と今この時との間に、二十年にもなろうとする歳月がはさまっているなんて、何だか信じられない。このクリーム色のカーテンを開ければ、隣りのベッドに嘆いている私がいるような気さえする。できることならそこへ行って伝えたい。あの時誰も言ってくれなかった言葉を。

「心配いらないよ、素敵な未来が待っているから」と。

元を無事旅立たせた安堵感と眠剤の効き目で、手術を明日に控えながらも私は易々と幸福な眠りに落ちていった。

二月九日

手術はあっという間に終わった。実のところ「あっ」という間もなかった。

病室から手術室へ移り、昨日の麻酔の先生とストレッチャーの上に横たわったまま挨拶を交わしたあと、鼻と口をおおうマスクをかぶせられた。指示に従って深呼吸を四回までしたところで「渡辺さん、渡辺さん」と声をかけられる。(麻酔が効いたかどうか確かめているのだな)と思い「まだ意識あります」と合図しようとした矢先、「手術終わりました」と看護婦さんの声が飛び込んできて、心底驚いた。

にわかには信じられず、そっと手をお腹の方へ伸ばしてみると、ぺしゃんこになったお腹とガーゼの大きな束が指先に触れた。狐につままれた、という形容がぴったりの状況だった。

私には意識がとぎれたという感覚が全くないのである。手術は一時間半ほどかかったというが、私のその一時間半はいったいどこへ消えたのか。空飛ぶ円盤に連れ去られ何か埋め込まれて戻ってきたという人たちも、こんな風に感じているのだろうか。期待したものとは大分違う体験となったが、これはこれでなかなか面白かった。

幻覚めいたものはその日の夜になってやってきた。

手術の痛みは思ったような切り傷の痛みではなく、体の奥で重たい塊が熱を発しているような感じの痛みだったが、陣痛よりはずっとましだと思った。それでも夜よく眠れるようにと看護婦さんが痛み止めを持ってきてくれた。

痛み止めの点滴を始めて数分経った頃、すうっと意識の範囲が拡がるのが（見えた）。通常ちょうど映画館で本編が始まる前にスクリーンが拡大される時のようなあんばいだ。通常の意識が広告などを映している小さいスクリーンとすると、痛み止めが効いてからの意識は本編用の大スクリーンである。

映画館と違うのは、この二つのスクリーンが重なって同時に見えていた点で、それは大きな画用紙の真ん中に葉書を置いてあるようにも見えた。葉書といったのは大きさの比喩であるだけでなく、実際そこには細かい文字がぎっしりと書き込まれていたからだ。

何が書いてあるのかは読み取れなかったが、おそらく私の雑念の数々であろう。拡大した意識の私はそれを見て（まあまあ、ごちゃこちゃと書きこんで）と、一種憐れみに近い感想を抱いた。

葉書のまわりの広い空間はごく淡いオレンジ色を帯びていて、見ていると全体が風の日の菜の花畑のように揺れはじめた。その時、何ともいえない幸福感が私を包み込んだ。痛みがないというだけで人はこんなにも幸福になれるのかと、羽根布団の下で縮こまっていた身体をゆっくり伸ばしながら、しみじみ思った。

痛み止めは全部で五、六本も使っただろうか、そのたびに同じ光景が現れ、これを見るのが術後の辛い時期のなぐさめとなった。

二日もするともう痛み止めは必要なくなったが、しばらくは食事を摂り、トイレまで歩いて往復し、眠る、というそれだけで精一杯の日々が続く。

そんな中での一番の楽しみはアリゾナから届いたeメールを読むことだった。一人で留守宅を守っている零がプリントアウトして持ってきてくれたのだ。メールは二通あった。

「2001・2・8　23：18

昨日元君、無事元気な顔でフェニックスに到着しました。

ルビ夫妻との夕食では楽しそうにシャケのムニエルをふたつも食べ

満足そうでした。御安心ください。

小栗」

「2001・2・10　14：13

アリゾナに元君、淳君が到着してから早3日目となりました。淳君、元君共に、それぞれの個性を最大限に発揮してマークさんキャサリンさんと英語の問題を感じさせない程のコミュニケーションをとっています。

3匹のネコも一緒の生活ですが、その中のスパーキーと言う名前の子猫が元君になついていて一緒に寝ています。

淳君はギルバート高校に体験入学が決まり、月曜日から通う予定です。ミッキーマウスのジグソーパズルを作ってもらったところ、あまりの速さに皆びっくりしています。

元君も作業所で頑張っていろいろなことにチャレンジしています。

佳恵ちゃんもスタッフとして料理作りから刺繍、絵描きなど本来の才能を大いに発揮してくれています。

みんな元気です。ご心配なく。

今後様々なドラマが繰り広げられていくことをすでに確信しています。
花井　細川」

二通のメールをベッドの中でくり返しくり返し飽きることなく読んだ。眠りにつく前にはアリゾナ時間の時計に目をやって、もうすぐ目を覚ますルビ家のベッドの中の子供たちのことを思った。

天上の糸玉

二月一八日

アリゾナからの便りはその後ぱったり途絶えていた。親子の間で連絡をとり合わない、というのが最初からの取り決めではあったがスタッフからさえ、うんともすんとも言ってこない。忙しくてそれどころではないのだろうとは思いつつも、仲間はずれにされた気分でちょっと淋しかった。といって病院のロビーからでは淳君や佳恵さんの留守宅に電話をかけようという気にもなれない。

入院中のことで時間だけはたっぷりある。あれこれいろいろなことを考えたが、気がつくといつしか思いはアリゾナへ飛んでいた。

それにしても『ａｂｌｅ』は一体どんな映画になるのだろう。

お涙頂戴になるのだけはご免だった。どうして障害者を扱った物語というと、暗いか悲しいか貧乏くさいかになってしまうのだろう。元が通う作業所の久下主任とも、

「もう重たい話はたくさんですよね」

「今までになかったような明るい映画ができるといいですね」

と言い合った。

ディレクターズシステムで対面した小栗監督は大層お洒落で、事務所の構えからしても貧乏くさい映画にはなりそうもないと期待できた。もっとも我が家の貧乏くささが、隠すそばから滲み出さないとも限らないが。

次に気になったのは重苦しい話にならないかという点だ。

監督は初め母子の関わりも描くつもりであったらしい。私はとにかく母子の奮闘物語などには仕立てられたくなかったので、絶対に画面には出ないと条件をつけた。

監督はちょっと口をつぐんだが、出演交渉を断られ続けてきたそれまでの経緯を考えれば、こちらの条件をのむ他ない。これで涙の母ものになる恐れもなくなった。するとあとは一体どんなストーリー展開があり得るだろうか。

それはやはり、子供たちがアメリカでの生活の中で劇的な変化を見せる、ということだろう。しかし正直言ってそんなことが起るとはとても思えなかった。二か月や三か月環境を変え刺激を与えたぐらいで、ドラマになるほどの変化が起るなら、親も教師も苦労はない。私たち親だって今までただ手をこまねいていたわけではなく、何とか子供たちの人生を好転させようと四苦八苦してきたのだ。そして運よく小さな好転が生じた場合でも、それを維持していくことの方が、変化を起すことよりもずっとずっと大変なのだということもわかってきた。

監督、あなたはそこまで子供たちとつき合う気がありますか。口にはしなかったが、私の中にはそんな反発にも似た感情がもやもやしていた。

それでもやはり、いろいろな体験をさせてもらえることは無条件にありがたい。特に長期間親から引き離してもらえることが何よりだ。障害児とその家族にとっては「親子の分離」というのがいつもいちばん難しい課題なのだから、それだけで私の側には充分にメリットがある。それにひきかえ監督は大きなリスクを負っているように思えた。

彼が思い描いているようには物事は進行しないだろう。元の日常にはドラマチックなところなど何もないのだ。ラテン系かと見まごう風貌の淳は、まあそこにいるだけで絵になるかもしれないが、二人ともアメリカにいったからとて、そう急にオーバーアクションになるとも思えないし……。

私の脳裏を、よくいえば「淡々と」、悪くいえば「だらだらと」、二人をめぐる映像がよぎっていくのを感じ、思わず監督に向って言った。

「でも、でも、もし話としてまとまらなかったらどうするんですか」

まったく素人はおそろしい。何ということを言い出すのか。

「二十五年やっています」

監督の静かな言葉と穏やかな表情に、さすがの私もすぐに自分の非を覚った。そしてずっと以前、ある人気作家が講演会で質問に答えて語った言葉を思い出していた。

「物語というのは始めからひとつのかたまりとしてどこかにあるので、いったんその糸口を見つけさえすれば、あとは糸をたぐり寄せるようにして、ちゃんと納まるべきところへ納まっていけるものなんです」

その言葉を聞いた時は、ふーむ、そうであったのかと、いたく感心し、雲の上の巨きな糸玉から垂れ下がった一本の糸口を、地上で一心にたぐりよせている小説家の姿など思い浮かべてみたのだった。

「二十五年やっています」という短い言葉の中には、どこかその作家の言葉に通じる響きがあるように感じられ、心なしか目の前の監督の姿が一回り大きくなったようだった。

それ以来、この言葉は何度となく私の中で繰り返されることになる。

「二十五年やっています」、そう言いきれる監督が心からうらやましかった。仕事に対する愛情と自負とがひしひしと伝わってくるではないか。

私はこれまで何をやっても長続きしたためしがない。決していい加減に仕事をしてきたわけではないのだが、多分仕事を愛してはこなかったのだろう。もしかしたら自分自身も。いやまてよ、私の長男は今二十四歳だ。ということは、子育てであればもうすぐ二十五年のキャリアといえるわけだ。そう思ってみても今ひとつうれしさが足りないような気がした。今から本当に好きな何かを始めて二十五年間一心に打ち込めば、七十代後半には偉そうに、いやいや、穏やかに、「二十五年やっています」と言えるようになるのだ。うーん、いいかもしれない。

『ａｂｌｅ』のことは私があれこれ考えてみても始まらない。きっともう最初からひとかたまりとしてどこかに存在していた物語なのだろう。そして、その糸口を掴んでいるのは小栗監督なのだ。私は糸玉の糸がすっかりほどけて美しい織物が織り上がるのを、楽しみに待つことにしよう。

そう思った時ふと、雲の上には私のための糸玉もあるのでは、という素敵な考えが浮かんだ。私の糸玉、私だけの糸玉。真っ白でふんわりした巨きな玉が天上高くにあり、そこから垂れている一本の細い糸をそっとたぐると、するすると柔らかな手触りとともに糸が手元にたぐり寄せられる。それをやさしく巻きあげて玉にする。玉はだんだん大きくなり、ついには天上にあったのと同じ巨大な糸玉が地上に出現する。

もしかしたら、その過程が私たちの物語、私たちの人生といわれるものなのだろうか。だとしたら私の人生の物語は、力まかせに引っ張ったせいでぷつぷつと途切れ、あちこち結び目だらけになったでこぼこ玉だ。

そんなのは嫌だ。ふんわりと美しい玉でありたい。では、どうすればいいのだろう。

ジョン・レノン

二月二十一日

予定通りぴったり二週間で退院し家へ戻ることができた。

初診で私を叱った木村先生は手術の執刀医でもあり、我が家の事情も察して、一日でも早く退院できるよう目を配っていてくれた。おかげで途中三十九度もの熱を出したにもかかわらず順調に回復し、退院時にはバスと電車を乗り継いで帰宅できるほど元気になっていた。

仕事の再開まで五日、元の帰国まではまだ一週間の余裕がある。ゆっくり休んで健康を取り戻そうと、食事を作って食べる以外はただひたすら眠る、猫のような暮らしを心がけた。回復期のためにとヒーリングミュージックを何枚か用意していたが、くり返し聞いたのはたった一枚のCDだった。

『エコーズ・オブ・レノン』というそのCDはジョン・レノンの後期の作品のカバーアルバムで、かろうじて原曲がわかる程度にゆっくりとひきのばして演奏されている。奏者のモーガン・フィッシャーは写真で見るとちょっと異星人のような面差しだが、彼のライナーノートにはジョンへの想いがあふれていて、読んでいたら「私だって」と言いたくなった。ジョン・レノンには私も格別の思い入れがあるのだ。

「団塊の世代」とひとかたまりに呼ばれる昭和二十二、三年生まれの私たちは、ビートルズの衝撃的なデビューに中学生として立会い、その後に続く青春時代をずっと彼らのたくさんの曲に彩られて過した。マッシュルームカットに丸襟スーツだった彼らが、長髪にジーンズとなり、さらにインド風の上着に髭を生やしたヒッピースタイルへと変化していく様子を、無意識のうちに観察し無意識のうちに真似た。

ジョンがオノ・ヨーコと結婚した時はびっくりした。ジョンが日本人と結婚したことにも驚いたが、ヨーコの日本人離れした風貌と言動にも驚いた。

ビートルズが解散した時は淋しく、自分も年をとった気がした。そして私が子育てに追われていたある日、突然ジョンが撃たれて死んだ。

しかし、この間私は特別にジョンが好きだったというわけではない。ジョンが歌っているのかポールが歌っているのかも区別がついていなかったし、どっちでもよかったのである、ビートルズでありさえすれば。

ジョンとの縁が生じたのは彼が亡くなった後のことだ。

元が小学校に一人で通い始め、昼間少しだけ自由な時間が手に入るようになると、家事、育児以外のことをしてみたくなった。バブル景気で浮かれている世間から隔絶され、離れ小島に暮らしているような毎日をちょっと抜け出したくなったのだ。

そんな折、区の広報誌に「音訳者養成講座・受講生募集」の記事を見つけた。

音訳者というのは目の見えない人のために録音図書を作成する人のことで、区立図書館の委託によるボランティア活動であるが、志願者は養成講座を無料で受講できると書かれていた。渡りに舟、と私は飛びついた。

春と秋に開かれる講座に二年間通い、晴れて区立図書館専属の音訳者となることができた。読むものは医療関係の文献や人文・社会科学系の読み物など硬いものが多かったが、時には小説やエッセーのリクエストも混じっていた。

当時十名ほどいた音訳者の大半は五十代以上の女性で、ベテランの彼女たちから見ると四十そこそこの私など若者扱いで、それがまたうれしかった。

月に一度例会が図書館の一室で開かれ、利用者からリクエストのあった本が皆に紹介される。小説、エッセーはすぐに読み手がつき持ち去られるが「レーザー光線の謎」などというのは最後まで机の上に残る。なぜかビートたけしも残る。私はよろこんで残りものを拾った。

さらに二年ほど経った頃、ジョン・レノンの伝記が回ってきた。私以外誰も手を出そうとしない。（ラッキー！）と喜び勇んで持ちかえり、うきうきと録音にかかった。その伝記を仕上げると、すぐにまた別のビートルズ本がやって来た。皆当然私が担当するものと思っている。

それも終えると今度は『ビートルズ全歌詞集』というすごいのがやって来た。見開きの左側に英語の詞、右側に訳詞がのっていて、まるで辞典のような厚さだった。

一日にわずかな時間しか録音に当てられないので、その歌詞集は仕上がるまでに一年近くかかってしまったのだが、リクエストした人は催促もせずじっと待っていてくれた。目の見えない人が本から情報を得ようとする時、こんなにも忍耐を強いられているのかと、我が身の恵まれていることに改めて感謝し、見知らぬ依頼者には手を合わせた。

少しでも早く仕上げて届けようという気持ちと、できるだけ満足いく仕上がりにしようという気持ちの板ばさみになりながらも、録音している時間は幸せだった。

伝記を読み、詞を読むうちに、私の気持ちはだんだんジョンへと傾いていったのだが、そんな日々の中で、ある時ぱったりジョンの絵に出くわした。

パート仕事のあと買い物をして帰ろうと近くの駅ビルへ立ち寄ったところ、催事コーナーに壁のように大きな一枚の絵がでーんと立ちはだかっている。白地に黒の線だけで描かれた街の風景、その中央に歩いている男と子供、ごく僅かな彩色。シンプルでモダンでどこか滑稽味も感じられるその絵は、ひと目でジョン・レノンのものとわかる。

しばし立ち止まって眺めていたが買える値段でもないし、第一家に入る大きさではない。

立ち去ろうとして向きを変えた時、奥の方に画架に乗せられた小ぶりの絵があるのが目の端に留まった。思わず中へと歩み入っていた。

装飾のない鈍い金色の額縁におさまったそのリトグラフは、和紙に毛筆で描かれた男女の立姿で、どう見てもジョンとヨーコだ。ユーモラスでしかも上品なその絵に強く惹かれるものを感じた。「最愛の人」という題がつけられている。

それにしても気軽に手を出せる値段ではない。パートの賃金なら四か月分か。せめて目の中に焼き付けておこうと、じっと見つめてから踵を返して地下の食品売り場へと下りた。

本当にその絵は私の目の中に焼き付いてしまったらしい。料理をしていても、ふとんにもぐり込んでからも目の中でちらちらしている。翌朝になっても消えていなかった。

翌日、仕事を終えるまでにこう決めた。もう一度だけあの絵を見に行こう。そしてその時もし店内にビートルズのBGMが流れていたなら、あの絵を買うことにしよう、と。

そんなことはまずあり得ないという設定をして自分を諦めさせようという魂胆だった。今まであの駅ビルでビートルズなどかかったためしがないのだから。そして駅ビルに一歩を踏み入れた。流れているのはいわゆるイージーリスニングでビートルズではない。もちろん。

それでも私の足は自動的に催事場へ上るエスカレーターへ向かった。エスカレーターで運ばれている間にBGMが変わった。『レット・イット・ビー』に。

私が絵の前に立った時もまだその曲は続いていた。

「最愛の人」は大事に梱包されたまま我が家の二段ベッドの横で五、六年眠っていた。意中の人にダイアモンドを贈る若者のように、思いきって買い求めはしたが、当時住んでいた家と暮らし方はこの絵にふさわしくないように感じていたのだ。いつかこの絵を飾れる家に引っ越す日が来ると信じて、大掃除のたびにそっと埃を払った。

今、金の額縁の中で仲良く肩を組んだジョンとヨーコは、私の仕事場の玄関でお客さまを迎えてくれている。たまに玄関を入るなり「あ、ジョン・レノン」と、思わぬところで知人に会ったような声を上げる人がいて、そんな時は本当にうれしい。

拾う神

「捨てる神あれば拾う神あり」という。

捨てる神さまと拾う神さまは別人で役割分担しているのか、それともむらっ気の神さまが一人で捨てたり拾ったりしているのかは知らない。が、このことわざは本当だ。

神さまに見捨てられっぱなしで、紙屑のようにクシャクシャと丸められ道端に転がっていた私を、ある日拾い上げてそのシワを伸ばし、再生してくれる神さまが現れたのだ。

その神さまは人間の姿をしていた。おまけに昔からよく知っている人だった。

離婚してメガネ工場で働き始めてから一年が過ぎた春、大学時代の友人から一通の葉書が届いた。同窓会の知らせだったが、普通に行われる学科ごとの集まりではなく、体育会系の各部が合同で行う交流会で、野球部もスキー部も弓道部も応援団も皆一堂に顔を揃える、かなり大規模な集会になる予定だとあった。

前にも触れたように私はあまり社交的な人間ではない。卒業から二十三年経っていたが、その間クラス会に出席したことは一度もなかったように思う。しかしこの知らせには何故か心が動いた。

母子三人の暮らしもなんとか軌道に乗り、心身ともに落ち着きを取り戻した時期でもあった。一枚の葉書が私をふと我に返らせた、というような感じもあった。

昔の仲間たちはどうしているのだろう。あの学園紛争のさ中で卒業式さえ順当には行われていない。同期の仲間たちとじっくり別れをかみしめる機会もないまま、私たちは散り散りに世の中という大海原へ漕ぎ出していったのだ。

皆に会いたい、と思った。キャンパスで、カフェテリアで、ランニングをした土手の道で、すれ違い、笑顔を交わした同期の仲間たちに。

思いきって「出席」に丸をつけ、返信を投函した。

同窓会に出席するのに「思いきって」もない、と人は言うかもしれないが、私にとっては敷居の高い場であった。なにしろ身分は工場で働くパートタイマーで、離婚した母子家庭で、おまけに知的障害の子がいて……これではどう考えたって母校の名折れである。ちっとも世に役立つ人材に育っていないではないか。

知り合いに出会えばまずは近況報告。それが同窓会のオキテだ。その難関を私はどうやって乗り越えるつもりなのか。嘘八百を並べる、という手もないわけではない。なあに、たかが一日きりのことだ、きれいな服を着てすましていればそれで済む。そうだ、たまには女らしい服を着てヒールのある靴を履いて出かけよう。ただそれだけのために同窓会に行ったっていいじゃないか。

あとは当日のお天気次第、風向き次第。その日の気分で、出たとこ勝負だ。

そして当日。五月晴れの一日が穏やかに暮れる頃、もう何年も袖を通すことのなかった生成りのワンピースを着て約二十年ぶりの母校へと向った。二人の息子は今夜は祖父母の家にいる。たまにはこんな独身気分もいいものだ。

校内の会場へ行く前に、辺りの風景を懐かしんでそぞろ歩く。昼休みをよく過した土手の、松も桜も連翹《れんぎょう》もちっとも変わっていない。少し湿った土の匂いも昔のままだ。

土手から見下ろすと古い校舎の一部はすでに姿を消し、見たことのない建物がいくつか増えている。メインストリートの並木は二十年前より大分丈が高くなり、うっそうと生い繁る様がよりいっそう月日の流れを感じさせた。

会場のカフェテリアへは地下へ降りていく。学生時代にはなかったその建物の前で、私は深呼吸をひとつするとゆっくり階段を下りていった。受付に知った顔はいない。名前を告げ会費を払う。会場はすでにかなりの人で賑わっている様子だ。熱気の漏れてくるその会場の出入口から一人の男性が姿を現わすなり大きな声を上げた。

「石原！　石原じゃないか！」

私を旧姓で呼ぶ声の主を認めた瞬間、まるでテレポーテーションでもしたように、一瞬で二人は至近距離にいて、がっちりと握手をしていた。それは何だか不思議な時空に紛れ込んだような感覚をもたらした。受付にいた人たちもその異様さを感じ取ったらしい。一斉に皆の目がこちらに向いた。

その人田川さんはスキー部のキャプテンだった人で、私より二年先輩だが、まだ在学中にヒマラヤをスキー滑降するため単独で渡印したという強者だ。彼の計画は新聞社の取材を受けたほどのもので、体育会で彼の名を知らない者は「もぐり」とみなされた。ヒマラヤへの出発に際して私たち体育会のメンバーは、校内で盛大な壮行会を催して彼を見送った。彼が発った後、学園紛争が激化、それきり四半世紀近く、田川さんとは何のやりとりもないままに時が過ぎていた。

この一点からもわかるように、私と田川さんの間には残念ながら何のロマンチックないきさつもなかったのである。それが何故こんな劇的な再会になったのだか、今もってよくわからない。

が、しかし「その日の気分で出たとこ勝負」だった私の気分は、この一件でぴたっと決まった。もうあれこれ小細工をするような必要を何も感じてはいなかったのだ。私は自分の境遇をそのまま正直に田川さんに話した。

田川さんは特に六年生になるダウン症の元のことに興味を示してくれた。ちょうど彼のもとには知的障害の子供たちにスポーツの場を提供するボランティア活動の話が舞い込んでいて、その活動の母体となる団体の設立準備に手を貸しているところだという。

「石原のところに障害の子がいるってことは、俺もこの活動に関わっていくってことなんだよ、きっと」

彼は筋の通ったような通らないようなことを呟いて一人で納得している様子であった。

アメリカから渡って来たスペシャルオリンピックスというその活動のことは、聞いても今ひとつ呑み込めなかった。少々小難しい理念なんぞというものがあるらしいのだが、元の運動不足を解消する手伝いをしてくれるのなら、何にしてもありがたい。

やがて『スペシャルオリンピックス日本・東京』は正式に発足し活動を開始した。

田川さんの親身な勧誘を、会場が遠い、やらせたい種目がない、などといって一年間は聞き流していたが、翌年、元が中学生になってから、恐る恐るアイススケートのプログラムに参加してみた。素晴らしいコーチングに元より私の方が夢中になった。

それからしばらくして待望の水泳プログラムも始まった。ようやく理解者に囲まれて、何の気兼ねもなく水泳を楽しめる時がやってきたのだ。大きな肩の荷が下りた気がした。それだけで充分過ぎるほどだった。

スペシャルオリンピックスと出会うことによって、二歳半から断続的に、かなりいい加減に続けてきた水泳が元と私をアメリカへ連れて行ってくれることになろうとは、よもや想像もしなかった。すべてはあの日、田川さんと再会したことから始まっていた。

変わったのは元の周りだけではない。私もまた新しい人間関係を築き直すことになったのだ。

　この幸運を摑むために私がしたことといえば、気後れを振り払って楽しそうな場へ出ていったこと、そして、心を開いて自分の置かれた状況をちゃんと人に伝えたこと、たったそれだけだったのだ。

ワールドゲーム1999

四年に一度のスペシャルオリンピックス世界大会が、一九九九年夏、アメリカのノースカロライナ州ローリーという町で盛大に開かれた。

水泳プログラムに通って二年目だった元は、運よくその大会に参加できることになった。スペシャルオリンピックス日本からは、水泳の他にボウリング、体操、陸上の計四種目に総勢三十一名の選手と十五名のコーチが参加したが、いわゆる「日本代表」というわけではない。

スペシャルオリンピックスのワールドゲームは、国対国の競い合いではなく、あくまでも選手個々人の力試しの場とみなされているからだ。したがって国旗を振っての応援や「ニッポン、チャチャチャ！」といった国名入りの声援はしないようにと、事前に注意を受けた。

最初「アメリカでのワールドゲームに参加を希望しますか」と打診を受けた時は、わりとすんなり「希望します」という言葉が出たのだが、いざそれが決まって渡米の準備が進みだすと、だんだん心配で胸がキュンキュンし始めた。

会期中の二週間、アスリートたちは親から離れ選手団として団体行動をするのだが、そんなに長い間、元は団体行動に耐えられるだろうか。学校の宿泊訓練とは違うのだから、コーチに何もかもお任せ、というわけにはいかない。さあ大変、身の回りのことくらい一人でちゃんとできるよう再教育せねば。

親の心配というのは、し始めると際限なく広がっていく。

初めて持たせる旅行用トランクをうまく運べるだろうか、カギを開けられるだろうか、カギを失くさないだろうか、空港で自分のトランクを見分けられるだろうか、飛行機のトイレを一人で使えるだろうか、十四時間のフライトに耐えられるだろうか、二週間分、着替えをうまく組み合わせられるだろうか、ちゃんとシャンプーするだろうか、ヒゲを剃るだろうか、フォークとナイフで食べられるだろうか、靴ひもがほどけてしまったら……。はたで聞いたらバカバカしいほど細かい、と思うかもしれないが、他のお母さんに聞いても、やはり似たりよったりの心配を山ほど抱えていた。

六月半ば、お揃いの真白なスポーツウエアに身を固めた選手団一行は、心配性の親たちをロビーに残して、成田空港から青空の中へと晴れやかに飛び発っていった。

その親たちも数日後にはツアーを組んで子供たちのあとを追い、ノースカロライナへと向かう。といっても親の宿舎は、多くの競技会場が集まるローリーからも、選手たちの宿舎からもだいぶ離れた国道沿いにあり、事務局からは「子供たちの周りを、追っかけのようにうろつかないこと」とクギをさされた。それはそうだ。コーチやたくさんのボランティアの人々が、子供たちの自立を助けようと心を砕いて動いてくれているというのに、親がわざわざそれをぶち壊すことはない。

水泳の競技場はチャペルヒルという緑豊かな学園の町にあった。いざ現地の会場に赴いてみると、日本で考えていた日常の心配のあれこれなど、どうでもよくなるほど大変な状況が、子供たちの前に待ち受けていることがわかった。事前にはあまり深く考えなかった肝心の競技運営のやり方が、とてもシビアで本格的なのだ。

私が主に観戦した水泳についていえば、スタート台の後方にある待機用の椅子に案内される時点から、もう日本人のコーチは付いていかない。付いていってはいけないのだ。

広い広いプールサイドでアスリートたちの周りにいるのは、襟付き白シャツの審判も、黄色シャツの案内係も、英語しか話さないアメリカ人（多分）ばかりだ。一段高い所に設けられた放送席から流れてくるアナウンスも、国際大会にふさわしい格調で、素人っぽさなど微塵もないハイスピードの英語である。コース紹介も、「位置について」「スタート」の合図も然り。それに、少しでもルール違反があれば容赦なく失格を宣告されるという。ルールの何たるかもよくわかっていないアスリートがほとんどであろうに……、もし元が失格を宣告されたら、と思い浮かべて私はぶるっと身震いした。

そして当然のことながら、レースの相手は肌や髪の色や体格も様々な、世界各国から集まった選手たちである。水着であそこに座っているのが私だったらと想像すると、とんでもなく緊張を強いられる場面であった。いわゆるオリンピックの代表選手として国際舞台に立つのと、ほとんど変わりはない。ギャラリーに座っていても手のひらが汗ばむようだ。こんな思いは国内の大会では味わったことがなかった。元は大丈夫なんだろうか。おーい。

ギャラリーの一角が急にざわついた。日本のアスリートたちがプールサイドに入場して来たらしい。身を乗り出して下を見ると、黄色いシャツの若々しいボランティアたちに囲まれて、久しぶりに会う子供たちがこちらを見上げて笑っていた。元も笑顔で手を振っている。ああよかった、ひとまずのところは。

しかし結局すべては杞憂に終わった。元も、その時にも一緒だった淳も、他のチームメイトたちも、大人たちの心配などどこ吹く風と、スタート台の前で名前を英語風発音で呼ばれたときにさえ、笑顔で手を高く挙げたのだ。

スイミングクラブに通っていた小学生時代、皆と同じようにスピーディーに動くことができず、いじけてプールサイドの片隅にうずくまっている元を、二階からただ見つめているしかなかった頃のことを思った。ああ、でも、もう自分を責めなくていいのだ。なんて素敵な気分なんだろう。

こんなふうに書いてくるとワールドゲームでは、いかにも水準の高いタイムレースが行われているかのような印象を与えたかもしれない。もちろん、見事な逆三角形をした淳のような高速スイマーたちが揃うレースは、白熱し大いに盛り上がる。しかし大半のレースは、それこそマンボウやラッコが泳いでいるような、のんびりした微笑ましいものである。

それでも本人たちが大真面目で精一杯泳いでいることは、しっかりと伝わってくる。だからギャラリーも負けずに精一杯の声援をおくるのだ。ちなみに洋梨型の元は、十五年のキャリアを背に、マンボウ、ラッコ組である。

前述のシビアで本格的な大会運営が、こういうのどかなアスリートたちのために、心を込めて用意されているところがスペシャルオリンピックスの、まさにスペシャルな点であろう。そして特筆すべきは、このような万全を期したビッグイベントであるにもかかわらず、会場全体が、なんともいえず温かい親密感に満ちていたことだ。ピリピリしたところなどどこにも見当たらなかった。

ルール違反には厳しかったが、時間制限はないに等しかった。泳いでいるのか、溺れているのか、というようなアスリートがゴールするまで、会場の全員が固唾を飲んで見守り、惜しみない拍手をおくった。スタート台までいって急に気乗りしなくなったアスリートにも、気をとり直すための時間がたっぷりと与えられた。

時々、気分転換と酸素補給のためと称してダンスタイムが設けられ、プールサイドの審判や案内係たちと一緒に、ギャラリーも立ちあがって『ＹＭＣＡ』などの楽しいダンスを踊った。そういう時はプールサイドのまん中に二人の女の子が出てきて、振りのお手本になってくれる。ボランティアのマークである黄色いTシャツを着ていたが、一人はそのシャツがワンピースに見えるほど小さかった。小学生にもできる、こんな楽しいボランティア活動もあるのだなあと「目からウロコ」であった。それまで、しかつめらしい顔で座っていた年配の審判たちが、音楽にのって太ったお腹や腰を振りつつユーモラスに踊るそのさまは、さすが年輪のなせる技、硬軟自在の余裕を感じさせた。

そんな調子だから競技時間はどんどん延び、バスで宿舎に帰り着くと十一時をまわっていて、もうどこのレストランもとっくに閉まっている。現地の日本人会の方々が差し入れてくださったおにぎりをありがたくいただいて、あとはバタン、キュー。疲れはしたけれど、日常をすっかり忘れて、気分も若返った愉快な日々だった。

スペシャルオリンピックスのワールドゲームが奨励するのは、競技に勝ってたくさんの金メダルをもらうことではない。思うにその眼目は、会期中に見聞きするすべてのことを体験学習として、生きる力を蓄えること。また、「晴れがましさ」や「緊張感」といった、障害のある子には普段なかなか縁のない感覚をじっくり味わうことで、情緒面の発達を促すことにあるのではないだろうか。

そういう目で見ると、シビアで、かつリラックスした大会の運営方針に納得がいく。

さらに大会を彩る旗やポスター、ウエアや帽子やバッジにいたるまで、その色や形に細心の注意が払われたデザインが採用されている。アスリートたちの美的センスを向上させることも、彼らの生活の質を高めるために、とても大切なことであるに違いない。

だが、この魅力的なワールドゲームの二週間で、たくさんの体験から生きる力を蓄え、情緒面の発達を促され、デザインセンスに目を覚まさせられたのは、何をかくそう、かくいう親の私なのであった。

一時帰国

二月二十八日

元と淳、スタッフとともに一時帰国。

成田からディレクターズシステムへと移動中の一行から電話が入り、元にも受話器が回った。撮影中は里心をつけてはいけないと、電話も手紙もご法度だったのだ。

三週間も親子が離れて連絡もなく暮らしたのは、お互いに初めての経験である。言いたいことがいっぱいありすぎて、かえって何と言ったらいいのかわからない。

「もしもし元？　お母さんよ」と探るように声をかけると「あーお母さんかあー」とのんびりした声が送話口から返ってきた。あとは「うん」「元気」ぐらいで何とも張り合いがない。まあ仕方ないか、もともと元も私もおしゃべりは得意でないのだ。

出かける仕度はしてあったので受話器を置くとすぐにディレクターズシステムへ向かった。先に着いていた淳君、佳恵さんのお母さんたちも、一日千秋の思いでこの日を待っていたのだろう。世話人代表の細川さんも顔を見せてくれたが、この日はむしろ私たち同様、久しぶりに戻ってくる娘を待つ母親の一人だったのかもしれない。

小一時間ほど経った頃、玄関の辺りに人声がして、私たちはテーブルを離れて飛んでいった。たくさんの黒っぽい荷物に混じって元と淳、そして佳恵さんが帰ってきた。

久しぶりに見る元は髪が短く刈り込まれ少しだけ大人に見える。ちょっと太ったかもしれない。長旅で疲れたのか「ただいま」といったきり椅子に座って静かにしている。

淳は日焼けした顔で目を見開き、白い歯を見せて笑っている。すっかりたくましい青年だ。淳は元よりもさらに言葉を発しないが、その表情と仕草は言葉よりも雄弁に、この旅が彼にとって楽しい冒険だったことを物語っている。

佳恵さんも元気そうだが行きよりも物静かだ。佳恵さんは意識の上でも「仕事」をしてきたのだ。ご苦労さま。

テーブルにどんと置かれた元と淳のリュックの中からは、チョコレートやぬいぐるみのお土産とともにたくさんのスナップ写真があふれ出てきた。

そこには見たことのない服を着て、めったに見られない表情で笑っているたくさんの元がいた。パーティーのとんがり帽をかぶっているのや、バスケットボールをしているのや、猫をかまっているのや、馬にまたがっているのまであった。ヘルメットをかぶってすまして馬の背にいる元と淳を見て、私も高橋さんもちょっと興奮した。

ペリーセンターで作業中の元には緊張の様子も見られたが、おおむねどの写真でも子供たちはとても良い表情をしていた。ホストファミリーの夫妻ともすっかり仲良くなれたようだ。
百枚もあろうかという写真を一枚一枚見てゆくうちに、出発前にはまだいくらか残っていたこの企画に対する警戒心が、春先の雪のように融けていった。我が子の幸せそうな写真の前には、「障害とは」も「あるべき福祉とは」も意味を失い、ただただ一人の親ばかとして相好をくずすのみだ。そうして皆で騒ぎながら写真を回しているうちに、私にはひとつの感慨が湧いてきた。(この子はスタッフの期待に応えようとしている!)

今、目の前にいる元はよそゆきの顔ですましているが、手元の写真では、こぼれるような笑みをカメラに向けている。母親の私ですらめったに見られないような笑顔だ。それが一枚や二枚ではない。

もちろん監督は元と淳に演技をつけようなどとは最初から考えていない。二人の自然な動きや表情をそのまま撮っていく方針であると聞いた。しかし言葉にこそしなくても、いや意識さえしなくても、そこには何らかの期待が存在していたはずだ。そういうものを元は見事に嗅ぎ分ける。そしてそれに応えるかどうかの判断を下す。

その繊細な感受性はこれまでマイナスに作用することの方が多かった。たとえば親切気な仮面の下の差別意識だとか、理解者を装って近づいてくる管理者などを理屈抜きに見抜いてしまえば、その後の展開は相手にとっても元にとっても居心地の悪いものにならざるを得ないからだ。

親の私でさえ元にとっての、こうした悪者役をついつい演じてしまうことがあって、そうした時は元から手痛い反撃を返された。すなわち岩のように頑固な抵抗と不服従である。いったんこの不服従モードに入ると顔つきも一変し、全身の筋肉も固くなって、まさに「てこでも動かない」状態になる。

小学校入学前は「怒濤の大暴れ」バージョンもあり、止めようとした私は頭突きを受けて前歯を折ったりもした。ちょっとした「エクソシスト」の世界だったのである。ただしこれはダウン症の特徴ではなく元の個性にすぎない。

さすがに二十年近くも付き合っているとうまく抵抗をかわすコツも身についたが、学校で担任となった先生方は、ほぼ例外なく元のこの強硬なレジスタンスに遭遇されている。

こう書くと先生方を悪者扱いしているようで気が引けるが、学校という所はどうしてもある程度の強制と管理がついて回るので、どんなに好感のもてる先生とでも初期の衝突はさけられないものと覚悟していた。元にしたって「折り合いをつける」ということを学ばなければならないのだし。

実際には大衝突や小競り合いをくり返しながら、元は少しずつ先生方と良い関係を築いていった。先生と取っ組み合いをしたり、そのシャツを破いてしまったりして、そのたびに私は身の縮む思いをしたが、面白いことに元と先生はどんどん仲良くなっていった。何だか熱血青春ドラマを見ているようでもあった。元の生き方はとても大変そうだが、時々うらやましく思うこともある。

そうはいっても、緊張の出会いから関係改善までには大体一学期間を要していた。撮影の期間は一学期よりも短い。撮影チームとはまだ知り合ったばかりだ。もし暗にでも元に何かを「やらせ」ようとしたなら、即トラブル発生となって当然の段階である。その点は事前に監督に伝えはしたが、私は半分開き直っていた。トラブルが起きたなら、それをそのまま撮ってもらえば良いではないか。そんなことからでも何かしら学ぶことはあるだろうと。

しかし、写真で見る限り元は嬉々として監督やスタッフの意を汲み、自らの意思で新しい体験に身を投じているようだった。他の誰にも、私のこの驚きはうまく伝わらないだろう。そこにはただオーバーオールを着て機嫌よく笑っている元が写っているだけだから。着るものにもこだわりが強く、私が買ってきたジーンズやオーバーオールなど頑として受け付けなかった元のことを知る人はいないのだ。

私は『able』スタッフの力量に内心舌を巻いた。それからちょっと思い直してこうも考えた。（ひょっとしてこの人たちは元の同類なのかもしれないぞ）

ブルブルの人生相談

パート仕事にも少しずつ慣れ、ベルトコンベアのベルト役以外の作業も回ってくるようになっていた。メガネのフレームに合わせてレンズをカットする、カットしたレンズの面取りをする、さらに丸みをつけピカピカに磨く。どれも高度な集中力を必要とする作業なので、おしゃべりなどはしていられない。私にとってはありがたい職場環境だった。

勤務中は作業に専念し、時刻になればさっと退社する。そんな愛想のない働き手であった私にも、いつか二人の仲良しができた。

年頃も同じ四十前後で、それぞれ子供が二人か三人いた。けれども互いの子供たちの顔も知らず、まして学校での成績など興味もない。夫の職業や家族構成にも共通点はなく、知っているのは今現在、この職場での仕事ぶりだけである。幸い昇進を競い合うような間柄でもない。私たちは女学生のように互いに「ちゃん」づけで呼び合い、母でも妻でも嫁でもなく、つかの間「個人」として振舞える時間を慈しんだ。

工場内には若い男性がたくさんいた。若くない男性もいくらかいた。

工場で働くようになって私は初めてカラオケというものを体験した。忘年会などに誘われたのは多分大学を出て以来のことだ。競馬好きな同僚にくっついて競馬場という所を見に行き、馬券の買い方まで教えてもらったが、難しくて忘れてしまった。振り返ってみるとこの時期、私は社会復帰のためのリハビリを受けていたようなものである。

直接顧客の手に渡る製品を手がけることの緊張感と達成感。そのくり返しから生まれる自信。四十代のシングルマザーでもちゃんと社会の一員として受け入れられているという安心感。収入面に目をつぶれば、私はこの居心地のよい働き方にすっかり満足していた。

パートタイマーも十年勤続すれば海外旅行に連れていってもらえるというので、仲良し三人組で「十年頑張ろうね」と約束しあった。そしてもう少しで六年が経つという頃、私に一つの転機が訪れた。

変化はいつも一本の電話によってもたらされる。

その夜夕食前にかかってきた電話は、子供たちに食事のおあずけをさせたまま、一時間以上にも及ぶ一方的な説得交渉へと展開した。

各種セールスの電話をはねつけるなど朝飯前の私がこの電話を切れなかったのは、相手が私にとって大事な人だったのと、その内容が私を困惑させるものだったからだ。

電話の相手は心理療法を行うセラピストの女性だが、近々アシスタントが辞めるので、代わりに私に来てもらいたいというのだ。

悪くはない話だ。セラピーには興味もある。しかし私は二の足を踏んだ。その雇用形態が師と弟子の関係に近いものになると予想されたからだ。

ある種の技能を修得するには名人の内弟子になるのが一番だ、と私は知っていた。夫だった人がそのようにしてカメラマンになっていく過程を見ていたからだ。だから、どこか深い部分ではこの話に飛びついていたようにも思う。しかし表層の私は猛然と反対した。せっかく覚えた今の仕事を捨てるの？　十年勤続の約束は？　社会保障制度は？　ボーナスは？　契約期間が過ぎたらどうするの？　先の見通しは？……。

一番の問題はそこだった。セラピストはアメリカ人の夫君とともに二年後にはアメリカに移住する計画を持っていたので、その仕事を受けたとしても二年後にはまた、新たな職探しをしなければならないのだ。

彼女の言い分はこうだ。二年間で彼女の仕事を見覚えれば、セラピストへの道が開ける。そのための助力は惜しまない、と。しかし、高名な落語家に弟子入りしたところで真打になれるかどうかは本人次第である。それだけの覚悟は私にはなかった。そんなことより二人の息子をきちんと育て上げるという、より大きな責任があるではないか。あやふやな夢を追う年頃はもう過ぎたのだ。

いい返事を待っている、といってセラピストはようやく電話を切った。

私は落ち着かなかった。断る話に決まっているのに何故落ち着かないのだろう。

翌日は工場の休みの日だった。テーブルの上の朝刊にトラの写真が載っていて目を引かれた。上野動物園でトラの子が生まれたらしい。息子たちが登校したあと、急に思い立って上野の動物園へ出かけることにした。

トラ舎とゴリラ舎の辺りは以前よりずっと広く立派になっていた。大きな木が何本も植えられ、木陰には水辺もある。彼らの故郷の風景に似せてあるのだろう。

その日はトラとゴリラだけを見た。子供たちと来た時と違って小動物には気持ちが向かなかった。ことに背中が銀色になった老ゴリラが、自然を模した檻の中で彼なりの日常を過すさまを長い時間眺めた。同時に自分の人生の流れをも眺めていた。

工場で働いて収入を得、家族を養う、という行為が私の自尊心を少しずつ回復させていた。収入の額とは関係なく、自分をある程度評価できるようにもなっていた。それは少女の頃から長い長い間追い求めて、なかなか手に入らなかったものでもあったのだ。

よくやっている自分に何かご褒美をあげてもいいと、思いきって実行に移したのがセラピーやボディワークを受けること、つまり私を大切に扱い労わってくれる専門家に身を任せてみる、ということだった。いつもコントロールを自分の手にしっかり握っていたかった私にとって、これはなかなかの冒険だった。おまけに費用もばかにならない。

しかしその体験は予想以上に心地よく、開放感に満ちていた。「心」や「精神」という目に見えないものをめぐる世界が、大きく門戸を開いて私を手招きしていた。

馴染みのない世界ではなかった。学生時代いちばん興味を惹かれたのは心理学だったし、子供時代には催眠術の真似事をして大人に叱られたり、友達といたずら半分でコックリさんをやって怖い思いをしたりもしている。

それらはほんの子供の間だけつき合うのを大目に見られ、しかし一旦大人になったらもうまともに相手にしてはいけないと、周りからもいわれ自分でもそう思い込んで、いつの間にか遠ざかってしまった旧い悪友のようなものだ。

けれど、もしかしたら元は今でもそんな友達とつき合っているのかもしれない。私たちには見えない何かを見ているのでは、と思える言動に時々ぶつかることがあった。

親からも夫からも自立を果たした今、私も昔の悪友に会いにいくのに何の遠慮がいろうか。一生「良識人」を演っていくことにどんな意味がある。私の二人の息子たちは一足先に「良い子」の仮面をかなぐり捨てていた。

一人は知的障害を負って生まれることによって。

もう一人は不登校の道を選ぶことによって。

そんなことを目の前に座っているローランドゴリラのおじいさんに向って、ぽつん、ぽつん、と心の中で語りかけた。彼は表情を変えずにすべてを聞き流した。

家に帰るとまだ少し迷ってから、セラピストに宛ててファクスを送った。

「アシスタントをやらせてください。ご連絡をお待ちします」

どの位経ってからだったか、ある日新聞に見覚えのある顔写真が添えられた訃報が載った。ローランドゴリラのブルブルが死んだのだ。

「メスゴリラたちに慕われた立派なボスだった」と記事にあった。

ありがとうブルブル。そしてお疲れさま。

振り出しに戻る

セラピストのアシスタントになった私は水を得た魚のようだった、と言いたいところだが、実際には陸に揚げられた魚のように口をパクパクさせていた。

工場では上から与えられた仕事を正確に迅速にこなしさえすればそれでよかったが、新しい職場では指示待ちは許されなかった。指示を仰ごうにもセラピストの先生は常に来客中か執筆中で、部屋に立ち入ることができない。一日顔を合わせず過ぎることさえあった。それでも処理しなければならない問題は次から次へと起こってくる。自分の頭で判断して一人で片付ける他ない。しかし勝手がわからず、とんちんかんなことをやっては先生の顔を曇らせた。あまりのストレスに初めの一か月で私の腰は曲がり、目はかすんでよく見えなくなった。これではまるで老人だ。

朝、事務所にいくのが恐くなり、駅前のファーストフード店でコーヒーを飲みながら、今日やるべきことの予習をして心を落ち着かせた。そんなきつい毎日をなんとか切り抜けられたのは、当時ともに学んだスクールの仲間たちのおかげである。

アシスタントの仕事を受けるのと同時に、私は代替療法を学ぶ社会人のためのスクールに入学した。この入学金には元の将来のために積み立てていた貯金を下ろして充てた。背に腹は変えられない。親ガメこけたら子ガメもこけるのだ。

そのスクールでは西洋医学の不備を補うような、古くてかつ新しい療法を教えていた。「病は気から」とよく言われるが、その「気」の部分に働きかけることによって病気を未然に防ごう、というのが代替療法の目指すところだ。

スクールは主に土・日に開かれ、平日の夜にも補講があった。夜のクラスがある日は仕事から一旦戻り、子供たちと早目の夕食をとった後、また都心での授業に駆けつけた。そんな時よく『ハード・デイズ・ナイト』を口ずさんだものだ。

このスクールで出会った二十人の仲間たちは皆、何とか人の役に立ちたいと願っている心優しい人たちばかりだった。私の疲れた様子を見て、習ったばかりのヒーリング技法を私に施してくれる人が何人もいた。私が健康を損なうことなく、強いストレスを乗り越えて、新しい職場に適応していくことができたのは、ひとえに仲間たちの励ましによるものだ。

しかしひとたび仕事の流れを摑んでしまうと、アシスタントの仕事はやりがいのある楽しいものに変わった。様々な悩みを抱えてセラピストのもとを訪れる人々と、ちょっと言葉を交わしたり、案内資料を送る際に一筆添えたりするのが、私には楽しいのだと初めて気づいた。それまで対人関係は煩わしいものとばかり思い込んでいたのだ。

特に私を張り切らせたのは、宿泊を伴うグループセラピーだった。豊かな自然の中へ出かけて行き、初対面の人たちと心を開いてそれぞれが抱える問題を語り合う。そして一人ぼっちで悩んでいたのは自分だけではなかったと知る。そのことだけで固かった参加者の表情が和らいでゆく、その過程をそばで見ているのが好きだった。

そして思った。なあんだ、私が好きなことは昔からずっと同じじゃないか。

中学・高校時代、私は学校の仲間といくキャンプが大好きだった。沢登りや尾根歩きをして自然に親しみ、夜はキャンプファイヤーを囲んで歌ったり踊ったり、静かに祈ったりした。友達と普段、学校ではしないような話もたくさんした。たいていは苦しい片思いのこと、そして将来への夢と不安についてだった。

人はたいてい悩みをいくつも抱えて生きている。けれどもそれはちっとも悪いことではない。なぜなら、その悩みによって人は人と深い所で繋がることができるのだから。

みんながみんなものすごくタフで、人の助けなんか要らないダイハードばかりだったなら、面倒はないかもしれないが、きっと味気ないだろうな。そう思った。

そう思った時、ふと元の顔が浮かんだ。

二年は瞬く間に過ぎた。先生夫妻は予定通りアメリカへの移住を決めていた。とうとう一人立ちの時が来たのだ。

密度の濃い二年間だった。先生は公私の区別なく、すべてを包み隠さず私に見せてくれた。先生の夫君はアメリカ人のボディワーカーだったが、彼からもたくさんの大事なことを学んだ。二人はまるで新しく生まれ変わった私の両親のようだった。

そんなに大事に育ててもらいながらも、私は二人に反抗するようになった。それは実の両親との間で起きたことと全く同じであった。悲しいことだが、それも成長の過程では仕方のないことなのかもしれない。

私は五十歳にもなっていたのに、まだ脱皮しきれないティーンエイジャーを内面に棲まわせていたのだ。そして今度こそ親離れして世の中へ出ていこうとしている。本当は三十年前に立っているはずだった地点に、今ようやく立っている。

私は振り出しに戻ったのだ。

私がセラピストとして独立して間もなく、元が養護学校を卒業した。卒業式で、クラスの代表として壇に上がり、皆の卒業証書をいただく落ち着いた元の姿を見て、そんなことを全く予期していなかった私には胸に迫るものがあった。

小学校の卒業式。元がいっさいの練習を拒否してきたため、私は元に付き添って壇上に上がれるよう児童席に座らされた。私の頭だけが雲海上の富士山のように飛び出していて非常に目立った。

中学校の入学式。今度は元は一人椅子に座り続けた。校歌斉唱の時も、名前を呼ばれ一人一人が起立していく時も、元の所だけぽっかり穴があいていた。

いつも私は自分のことで手一杯で、悪いと思いつつも一人で留守番させ続けた元が、いつの間にこんなに大人になったのだろう。養護学校の優しい先生方は、まるでウインクするように私に笑顔を送ってくれた。

元が学校を離れるのを機に、三十年間住まわせてもらった義父の家を引き払い、新しい住処に移ることにした。新しい家の近くには、元が歩いて通えるところに活気に満ちた作業所がある。それが何よりうれしいことだが、南に向いたベランダから多摩川と遠く富士山も望めるという、思いがけないおまけもついた。

独立と引越しで貯金を使い果たし、背水の陣でスタートした新生活だが、川の流れを見ているると気分がせいせいした。

一方、同じことの繰り返しが大好きな元にとっては、引越しは大ごとだ。学校の仲間と別れ、住み慣れた町から離れ、新しい家、新しい作業所、新しい仲間たちに馴染んでいかねばならない。そんな時こそ、いつもの水泳プログラムがオアシスとなった。そこに行けばいつもの仲間、いつものコーチがいて、いつもと変わりない世界が元を待っていてくれる。こんな心強いことはなかった。

引越しのダンボールがようやく片付いた秋口、私はグループセラピーを手がける決心をし、一人で案内の原稿を書き、印刷をし、封筒に入れて切手を貼り、どさっとポストに投函した。新しいことを始める時は、いつでも少し緊張するものだ。

その日の夕方六時過ぎ、食事の支度中に電話が鳴った。

「ディレクターズシステムの小栗と申しますが」と相手が名乗るのを聞いて（来た！）と私は身構えた。

セドナ

三月十六日

アリゾナへ向けて元と淳、二度目の旅立ち。元は昨日から神経質になっていて、夕方食べたものを何度も戻し、自分で布団を敷いて早々と寝てしまった。

前回は何が何だかわからないまま旅行気分の出発だったが、今度は行く先に何が待ち受けているのかわかっている。写真を見ても、スタッフの言葉からも、とてもうまく現地に適応していた様子なのだが、元としてはずっと非常時態勢で頑張っていたのかもしれない。出発の朝、七時半になっても布団から出て来ずはらはらさせられたが、何とか朝食は胃に納まり待ち合わせ時間にも間に合った。

今回は花井さん細川さんの他に監督と松永さんも一緒の出発である。

十一時、皆と一緒にロケバスに乗り込むと、前回同様うれしそうな笑顔になった。やれやれ。最後にバスに乗る監督が、その間際に私に向って言った。

「セドナへ来られたら連絡ください」

「うまくいけばどこかで会えるかもしれない」

セドナ。そう、私は今月末にセドナへいくことになっていた。

セドナはルビ家のある町フェニックスから車で三時間ほどの距離にある、アリゾナ州の保養地である。私のセドナ行きは、いくつもの偶然が重なった結果、思いがけず実現することになったのだ。

最初セドナ・ツアーの案内が私のもとに舞い込んだのは昨年の秋、ちょうど元に『able』出演の話が持ち上がったのと同じ頃である。

電磁気的なエネルギーが特に強い地域で、世界有数のパワースポットとして知る人ぞ知るセドナ。現地に行って来た知人から話を聞いていたこともあって、一度は訪れてみたい土地であった。しかし元を置いて八日間も家を空けるわけにはいかないし、元を連れて行けるようなツアーの内容でもなかった。目につく所にあると未練が残ると思い、パンフレットはすぐに屑籠に捨てた。そしてそのことはすっかり忘れてしまった。

年末近くなってディレクターズシステムから大きめの郵便物が届いた。花井さんから事前に「アメリカまでロケハンにいった折、サンディエゴのシーワールドで買ったTシャツと、ルビ家の近辺の写真を送ります」と電話をもらっていた。

封を開けると中からはイルカのイラストの白いシャツと一緒に、ガイドブック風の薄い写真集が出てきた。てっきりルビ家や町の様子のスナップが送られてくるものと思い込んでいた私は、その写真集の表紙とそこに書かれた文字を見て驚きのあまり声をあげた。

「セドナ！　どうして？」

撮影は当初カリフォルニアで行われる予定だった。しかしカリフォルニアでは思うようなファミリーにめぐり会えず、ルビ夫妻という監督の要望にぴったりのカップルはアリゾナで見つかったのだ。

「ロケ地はアリゾナになりました」と報告を受けても、はあ、そうですかというぐらいで、あの広いアメリカ大陸のどこにアリゾナ州が位置しているのか、正確にはわかっていなかった。おまけにセドナがアリゾナ州にあることすら私は知らなかったのだ。どちらにしても私が出かけていくわけではなかったのだから。しかしこうなってみると俄然セドナへの興味が再燃する。

あのセドナ・ツアーはいったい何月に実施されるのだったろうか。あっさり屑籠いきにしたパンフレットのことが悔やまれるが、仕方がない。今回は元がセドナの近くに、いやもしかしたら、セドナにだって行かれるかもしれないことを喜ぼう。

セドナの紹介記事にはよくこんなふうに書かれている。

〈セドナ。古来からのインディアンの聖地、パワー・スポット。中でも特に強力な電磁気的エネルギーが発生している地点をボルテックスと呼ぶ。セドナには何ヶ所ものボルテックスが存在し、そこを訪れる人に感情の解放や、潜在能力の目醒めなど、人生を大きく転換させるような体験をもたらすといわれている〉

この、またとないチャンスに元の潜在能力が目醒めますように、と、その夜、私は神妙に祈った。

二日後、ポストに見覚えのあるグレーの封筒を見つけてはっとした。

セドナ・ツアーを主催している会社のロゴがある。胸騒ぎとともに封を切ると中から出てきたのは、セドナ・ツアーに二名分の空きがあるので参加しませんか、という誘いの手紙だった。急いで日程を見る。三月末の八日間は、元のアリゾナ滞在期間のちょうど真ん中にすっぽり納まる形だ。(行かれる!)そう思ったら目眩がした。

アリゾナ便り

「2001・3・17　11：11am

元君が元気です。飛行機の中では終始ニコニコと音楽を聴いていました。
食事も成田でうどんを食べたあと、機内食も食べたようです。
フェニックスに着くとキャサリンさん、マークさんの名を口にし、
荷物を取ってくれた元君に Thank you **と言うと** You are welcome **と**
意外にも返事が返ってきました。
キャサリンさんに会い抱きしめられると少し照れを浮かべていましたが

うれしそうな感じで、またアメリカの生活が始まることを確認したようです。皆で昼食に行きましたが、さすがに少し疲れているのか残しました。今はキャサリンさんの家の自分の部屋で寝ています。

花井」

「2001・3・18　3：14pm
セドナにいらっしゃる機会に時間がとれれば、ホストファミリーの夫妻が渡辺さんにお会いしたいと希望しています。

我々のスケジュールからいくと、二八日の夕方からだと可能性があります。そちらの予定表では、その日一四時にフェニックスに戻られるようになっていますので、スコッツデールで夕食前にお会いするか、もしそちらを抜けられるのであれば、夕食をご一緒することも可能です。

元君とは会わない方がいいかと思いますが、もしキャサリンさんとお会いになりたければご連絡ください。

また二八日にチェックインされるホテルの連絡先をお教えください。

小栗」

「2001・3・28　8：29am
二八日、夜七時一五分頃にホテルのロビーでお会いしたいと思います。

それまでは買い物などに行ってくださって結構です。夕食をご一緒したいと思います。

この日元君は夕方五時から六時まで乗馬です。

それを撮影したのちキャサリンさんと（ご主人も都合がつけば合流）私と、こちらのプロデューサーの羽根石とでお会いできると思います。

楽しく有意義な旅をしてきてください。

小栗」

魔法使いの弟子

三月二十三日〜二十七日

セドナ・ツアーは元と淳が暮らしている町フェニックスの空港からスタートした。すぐにはセドナに向わず、まずナバホ族とホピ族の、二つのインディアン居留地を訪問する。ナバホ族の集落があるキャニオン・デ・シェリーでは、メディスンマンのダニエルの案内で遺跡の残る渓谷をジープで巡った。

メディスンマンというのは呪術師のことで、部族の祈禱師であり、治療師であり、ご意見番でもあるという大変重要な役割を担っている。ちょっと太めのダニエルは鮮やかなターコイズブルーのシャツを着て、真っ黒な長い髪に羽根かざりのついたつば広の帽子をかぶっていた。

私の乗ったジープを運転していたのはダニエルの長男ドンで、短髪にショートパンツ姿のごく普通の若者である。ジープの女性客三人に「ヘイ、ガイズ!」(よお、みんな!)を連発する気さくな彼も、メディスンマンを継ぐのかと訊ねた時は真顔になった。

「メディスンマンになるのはとても大変だ。父も、祖父について長い間修行したんだ。僕はまだまだ見習いで、父みたいになれるのはいつのことだか」

この夏結婚するという童顔のドンは、メディスンマンになる前に、一人前の生活人になるという試練に立ち向かうのだろう。

夜はナバホ族の儀式用の家、ホーガンに招待され夕食をご馳走になった。

ホーガンは六角形をしたコテージで、中に入って天井を見上げるとちょうどモンゴルのパオのようだ。そこで出された夕食は一皿山盛りのタコサラダ、といってもイカ・タコの類ではなく、タコスをベースにした豆とトマトとレタスと香辛料たっぷりのサラダ風料理であるが、それに紅茶かコーヒーがついた。何とかいうナバホの清涼飲料も用意されていたが、その色が毒々しく紅いのと「とてもとても甘い」というおすすめの言葉に、かえって皆手が出なくなってしまった。やはり飲んでみるべきだった、と今になって思う。

ホーガンには床がなく、地べたに毛皮をしいて腰を下ろし、二十人位で車座になって食事をした。ダニエルともう一人の長老が上座に着き、下座には部族の女性や子連れの家族が座っている。途中から、威厳のある老婦人が「食事はどうか」と皆を見渡しながらにこやかに座に加わった。

それらを見聞きしているうち、もう四十年も訪れていない秋田の父の実家で、大家族に囲まれて食事をした六、七歳の頃の記憶が鮮明によみがえってきた。広間にしみついた独特の味噌の匂いまでもが……。

儀式のような食事を終え、長老の歌や祈りが一通り済んだあと、一人の若者が大事そうに何かを抱えてホーガンに入ってきた。差し出したものは装飾用の弓矢で、彼の手作りだという。今日たった一組作ったもので、気に入ったら買って欲しいというのだが、三十ドルは高いんじゃないのという皆の顔だ。

車座の端から弓矢が回ってくる間、私は何となくその青年を眺めていたが、入り口を背にすっくと立って、自分の作品に審判が下されるのを待っているその姿に好感を覚えた。人の輪の三分の二ほどを通過して、私のもとに弓矢がやって来た。手にした途端、私はそれが好きになった。何の飾りも彩りもなく、ただ木と石と鳥の羽根を組み合わせてあるだけの素朴なつくりだが、握りのごつごつした木肌と、削って磨きをかけた両端の白さとのコントラストがなまめかしい。

作者は私の様子にすぐ気づきホーガンを横切ってやって来ると、膝をついて「これはオーク、これはウィロー、グースの羽根、それにキャニオンの石」と作品の説明をした。

私はリュックの中から三十ドルを取って彼に渡し、その弓矢を引き取った。

「あなたはどこから来たのか」

「日本から」

「これは日本にいくのか」

「そう、日本の東京へ」

「東京、これはそこであなたを護る」

彼の言葉はその真剣な表情とあいまって私を打った。単なるセールストークと思いたくなかった。それまで私はこの弓矢をルビ家へのおみやげにしようかと考えていたのだが、自分の作品の行き先を気にかける彼の言葉を聞いたら、同じアリゾナ州の地名よりは海の彼方の国の名を告げてあげたくなるではないか。

翌日、この特別な弓矢をリュックにさし、次なる訪問先ホピ族の居留地へと向う。ホピの集落はどこまでも荒涼とした砂漠を見晴らす小高い丘の上にあり、軒の低い小さな家々が長屋のように寄り添っていた。その一軒の簡素なポーチに腰を下ろした時、背後から大きな赤犬が寄って来て、リュックからはみ出していた弓矢をパクリとやった。気づいた時には、きれいに揃っていたグースの羽根がパラパラになってしまっていた。

大体ナバホ族とホピ族はあまり仲がよくはないのだそうだ。やはりルビ家へのおみやげは他所で見つけることにしよう。

おかげで一組の弓矢がナバホとホピ両方の思い出につながる記念品として、我が家を飾ることになったが、きっとそれでよかったのだろう。もしかしたら赤犬に齧《かぶ》られるのは私だったのかもしれないのだから。

ツアー三日目の午後、いよいよセドナへと向う。

これまでずっと私たちのワゴンは、サボテンと丈の低い灌木しか生えない、見渡す限り砂漠また砂漠の中を、ひたすら真っ直ぐ続く道に沿って走りつづけていた。

その定規で引いたようなような道の傍らを、時々長い長い貨物列車が汽笛を響かせ、いつ果てるともなく延々と通っていった。どこか懐かしい光景なのは、いつかスクリーンででも見たからだろうか。

しかしセドナが近づくにつれ、辺りには樹木がちらほらするようになる。

そのうちワゴンは林に入り、小川のそばにテントが点在するキャンプ場を横目に、坂を登り始めた。久しぶりに目にする濃い緑と水の流れに、鼻やのどの辺りの緊張がほっとゆるむのを感じる。

標高一四〇〇メートルのセドナに入ると、視界に赤い色が飛び込んできた。赤い岩山の連なり、赤土色の建物。陽が西に傾きかけたことも手伝って、目に入るものすべてが赤みを帯び、丸みを帯びている。初めて来た場所だが、知っている場所のようでもあり、皮膚のすぐ下あたりでざわざわするものがあった。

ホテルに着くと荷物を解く間もなく、すぐに広間に集合だ。今回のツアーの大きな目玉の一つ、特別な「魔法」の授業が始まるのだ。

魔法を教えてくれるのは、フェニックスの空港で合流したアメリカ人女性レバナである。レバナは透視能力を持つサイキックで、治療師でもあり、司祭の資格も持つ現代風魔女だ。大きな声ではいえないが、私たちのツアーは「魔法使いとその弟子ご一行様」なのであった。広間でどんな魔法が伝授されたのか、それはもちろん秘密である。

翌日は一日中アメリカンインディアンの儀式にどっぷり浸かった。スウェットロッジで気が遠くなるほど汗をかき、洗礼の小川で顔を洗い、夕暮れの林でファイヤーセレモニーとパイプセレモニーに与かった
儀式にすっかり没頭するうち、私はいつしか中学生に戻ってしまったようだった。

私が中学・高校時代をすごしたのはキリスト教系の女子高であったが、そこで出会った礼拝や、黙想や、野外作業や、キャンプファイヤーといった、それまでの日常とはかけ離れた儀式の数々が新鮮に感じられ、どんどんのめり込んでいったのだ。

儀式に集中していると、どこからどこまでが自分なのか、どこからがまわりの物や景色であるのかがはっきりわからなくなることがあったが、今セドナで、その頃の感覚が懐かしくよみがえってきた。

まったく現実離れした刺激的な一日が終わる頃、私たちはお腹をペコペコに空かせてレストランになだれ込んだ。そして、その店自慢の三十センチ以上あろうかというリブロースステーキが、お皿からはみ出たまま運ばれてくるのを見て歓声を上げた。

ふと隣りのテーブルのレバナを見ると、いつも通りの小ぢんまりした菜食メニューである。「魔法使い」への道は相当険しい。

キャサリンとマーク

三月二十八日

セドナの主要なボルテックスをめぐる巡礼は、多少の波乱のうちにその日程を終えた。ハイになる人、逆に気分が悪くなる人、落し物や無くし物をする人が続出した。

これは後から聞いた話であるが、『ａｂｌｅ』撮影チームがボルテックスの一つベル・ロックに登った際は、カメラやコンピューターが次々故障して大変困ったそうである。

それこそ魔法にかかったような一週間が過ぎ去り、私たち一行はレバナと別れ、セドナを後にして最後の宿泊地スコッツデールへと向った。

スコッツデールは空港のあるフェニックスのすぐ隣りの町で、ここには美術館やデパートもあり、やっと街中に帰ってきたという感じがする。

ツアー最後の夜は団体行動を抜けさせてもらい、フェニックスから会いに来てくれるルビ夫妻と、夕食をともにすることになっていた。小栗監督の計らいである。

夜七時、監督と在米のプロデューサー羽根石さんが車でモーテルまで迎えに来てくれ、キャサリンが予約したというレストランへ向った。混乱をさけるため元にはこのことは内緒である。キャサリンとマークの留守中は、スタッフのお姉さんたちが子守役をしてくれているのだろう。

レストランの駐車場で車を降りてすぐ「あ、キャサリンが来た」と監督が通りの方を見て言った。明るい通りを背に黒いシルエットがまっすぐこちらに向って歩いて来る。小柄な女性だ。なんだかドキドキする。近づくにつれレストランからの明かりの中に、たくさんの写真ですっかり馴染んだ、キャサリンのくっきりした顔立ちが浮かび上がった。どんな考えよりも素早く、私の足は走り出しキャサリンを抱きしめに行った。

別の状況で出会ったのなら、私はもっと慎み深く会釈をしたり、せいぜい握手するくらいで礼儀正しい日本女性として振る舞っただろう。しかし何といっても、その時はボルテックス帰りのハイテンションだったのだ。

キャサリンが選んでくれた店は、気取りのない居酒屋風イタリアンレストランで、席に着くのにキッチンツアーと称して厨房の中を通り抜けていく大らかさである。間もなく仕事帰りのマークも姿を見せ、キャサリンとマーク、小栗監督と、ここでは通訳を引き受けてくれる羽根石さん、それに私の五人で円卓を囲んだ。

そこで交わされた会話のあれこれは、どれもみな私の胸に深く刻み込まれた。

元のことを「クレバーボーイ（賢い子）」と言うマーク。気の休まる間もない日々を過ごしているだろうに「子供たちは素晴らしいわ」と微笑むキャサリン。

といっても二人は決して余裕しゃくしゃくなのではない。初めての体験に戸惑い試行錯誤しながらも、少しずつ何かを学びとり、そしてすべてを楽しんでしまおうと決めたのだ。私は英語が得意ではないが、こういったことは言葉を介さず直に伝わってきた。会話も、羽根石さんが素晴らしいスピードで通訳してくれるので、言葉の壁を意識せずに言いたいことを言い合っていた。

初対面の私に、マークは仕事上で感じている迷いのことを話してくれた。コンピューターエンジニアという仕事は好きな分野ではあるのだが、何かもっと別に、やるべき仕事があるような気がしているという。そんな話をしながらも、ちょんちょんと私をつついて、少し離れたテーブルの方を指差す。「ホイールチェア（車椅子）」とマークがいう通り、賑やかなグループの中に一人、車椅子の男性がこちらに背を向けて座っている。

「僕もあんなのに乗っていたことがあるんだ」

そういえばマークは学生時代アメリカンフットボールの選手だったと聞いた。試合で怪我でもしたのだろうか。どうやらマークは福祉関係の仕事にも気を惹かれるらしい。

「僕は人間を相手にしたいのかもしれない」

さらに、元のことに話が及んだ時「彼はアーティストだ」とばかに力説するので、「それ、マーク自身のことでしょ」と言ってみた。

マークは口をつぐんで、居心地悪そうに大きな体をもぞもぞさせた。キャサリンは隣りで黙ってニヤニヤしている。実はキャサリンも『ａｂｌｅ』への出演を決心するまで、ひどい落ち込み状態にあったのだそうだ。何故とは立ち入って聞かなかったが、「ああやっぱり」と私は思った。

ぬくぬくと平穏無事な暮らしが続いている時、人はなかなか進んでリスクを負おうとは思わないものだ。『ａｂｌｅ』が要求しているようなホストファミリー役を引き受けるには、それこそパラシュートで初めて飛行機から飛び降りるほどの勇気が必要だろう。

それをあえてやることによって、キャサリンもマークも自分たちの人生に風穴を開けようとしているのだ。

さらに興味深いことに、実はキャサリンは子供の頃女優になりたいという夢を持っていたのだという。しかしまわりは励ましてくれるどころか、現実をよく見ろという醒めた意見ばかりで、いつの間にか自分から夢を手放してしまっていた。その現実的な生き方に行き詰まった時、彼女は昔の夢をふと思い出した。そしてこの冒険に賭けてみることにしたのだ。

私はうれしかった。キャサリンやマークや小栗監督のように、大きなリスクを冒して何か違いを生み出そうとしている人たちの仲間に、今こうして入れてもらっているということが、とても誇らしく思えた。

テーブルには皆であれこれ選んだ一品料理の皿が並び、赤ワインのボトルもあった。人気の店である証拠に店内はとても混んで賑やかだった。

しかし、おいしかったはずの料理のことは何一つ覚えていない。覚えているのはキャサリンの一途さ、マークの柔軟さ、小栗監督の半歩退いた存在感、羽根石さんの有能さ、そして私の高揚感だ。

食事が済み店を出る前に、羽根石さんがカメラを出して、記念の写真を撮ってくれるという。テーブルについたままで、まん中のマークがキャサリンと私の肩に両手を置いて、三人で笑顔を並べた。が、シャッターを押してもフラッシュが光らない。四、五回試したがすべてシャッター音のみだった。

後日送ってもらった写真は、夢の中にいるようだった私の気分そのままに、全体が赤ワイン色に染まり、その中に、国境を越え不思議な縁でつながった三人の男女が、遠い記憶の中の光景のように笑っていた。

そこには写っていない元の笑顔が大きくオーバーラップした。

アリゾナ便り

「2001・4・1　4：15pm

SO（スペシャル　オリンピックス）アリゾナ州のバスケットボール大会は

三十、三十一日の二日間にわたり行われました。
元君は地元チャンドラー地区のブルーチームとして、予選三試合、決勝トーナメント三試合に淳君とともに出場、トラビスさんという素敵なコーチの指導のもと、元気に活躍しました。成績は同レベルの出場八チーム中四位で、チームメイトとともにリボンを受賞しました。

アメリカのアスリートは積極的で激しくスピードもあり、しばらくは様子見といった光景もありましたが、何度かボールを受け、ドリブルで相手陣営に攻め込み、全試合とも額に汗を浮かべ終始笑顔でプレイできました。

試合の合間にもドリブル・シュートの練習を積極的に楽しんだり、マークさんと遊んだり、チームメイトからも Good job の声がかかったりと、楽しそうな一日でした。

試合後はかなり疲れたのか、夕方からルビさん宅でぐっすり眠ったようです。

明日からは二日間の予定でセドナへ小旅行です。

何を感じてくれるでしょうか、楽しみです。

小栗」

『アリス』

『アリス』という映画を観たのは今から十年ほど前の九〇年頃のことだ。

キャサリン、マークと一緒に撮ったイタリアンレストランでの写真を眺めている時、唐突にその映画のことを思い出した。薄暗い照明の下で赤味を帯びたその色と、ちょっと装飾過剰気味の店内の様子が、映画の一シーンを連想させたらしい。

ウディ・アレンの脚本、監督でミア・ファローが主演した、その作品を私は銀座で観たのだが、観終えての帰り道、石畳を歩く私の深緑の重いコートと、その中でうごめいていた形のない私そのものの感触が、映画のシーンと同じ比重でよみがえってきた。それほど『アリス』という映画を私は自分に重ね合わせて観ていた。

二十代の頃からミア・ファローの映画をよく観た。『ローズマリーの赤ちゃん』『ジョンとメリー』『フォロー・ミー』……。

彼女の演じる主人公はいつも現実世界から少しずれている。といって翔んでるタイプとは違い、なんとか周りに合わせようと気を使ってはいるのだ。「普通に生きる」というそれだけのことが、彼女にとっては難行苦行のように見える。そんなところに共感を覚えていたらしい。

『アリス』のミア・ファローはもう少女とは呼べない大人になっていた。相変わらず成熟からはほど遠かったが。

裕福な夫の庇護のもとで何もしなくても生きていけるアリスは、でも満たされていない。何を求めているのかもよくわからない。何かしなくてはという気持ちだけがふくらんでいく。そして噂をたよりに中国人のセラピスト、ドクター・ヤンのあやしげな診療所を訪ねていく。その診療所の印象が赤く薄暗かったのだ。母の胎内のように。

処方されたハーブは魔法のような効き目で、アリスをアバンチュールへと駆りたてる。迷い、ひるむたび、アリスはドクター・ヤンのもとへ舞い戻り、ハーブの力を借りてまた新たな行動を起す。冒険をすることでアリスは学び始める。自分が今まで「生きて」いなかったことに気づき始める。

映画の最後でアリスは恋人を失うが、不実な夫のもとにはもう戻らず、邸宅もコックもメイドも執事も捨て、二人の子供とともに下町で暮らす人生を選び取る。少女の頃からマザー・テレサに憧れていたことを思い出したのだ。

きちんと揃えたボブにヘアバンド、いつも毛皮をまとっていたアリスは、最後のシーンでは、くしゃくしゃなナチュラルヘアに質素な服で、子供たちのブランコを力いっぱい押している。いつも神経質そうにおどおどしていたアリスはもうそこにはいない。

映画を観終えた私は、見たものを早く忘れようとして、実際すぐ忘れた。この物語は私には毒だ。ドクター・ヤンの診療所など現実には存在しないのだ。今にして思えば、離婚の一、二年前という時期だった。

改めてビデオで観ると、十年余りの歳月をはさんで状況はすっかり変わっていることに驚く。もう私はアリスに自分を重ねていなかった。それよりなんとドクター・ヤンの視点でアリスを見ていたのだ。

驚くことはなかった。私も今では、れっきとしたセラピストなのだから。いや、それともやはりあやしげなセラピストとでも評されるのだろうか。あやしげで結構。これが私のやりたかったことだ。

蝶や蟬が脱皮して姿を変える時のように、変わりたい人が変わっていく時、ちょっとの間だけ傍にいて見守ってあげよう。そういう人たちがいてくれたおかげで、私も無事ここまで変わってくることができたのだ。

深夜、ビデオを観終えて私はひとりにんまりした。人生は面白い。人生はなんてチャーミングなんだろう。でこぼこ玉にふんわりと新しい糸が巻かれ、少しずつ、なめらかなまあるい玉になってゆくさまを私は思い浮かべていた。

変化の時

四月一五日

セドナから帰って二週間が過ぎた。

日曜の遅い朝食をとりながら新聞にざっと目を通す。一面トップは第一政党の総裁候補四人が居並ぶ写真だ。大阪での合同街頭演説に五千人が集まったという。

面白そう、東京ではいつやるのだろう。総裁選がこんなに盛り上がるなんて、ちょっと異例のことだ。

玄関の方で電話が鳴った。コーヒーカップを置いて受話器を取りにいく。テーブルに戻りながら「渡辺です」と応答すると、「Hallo!」

「え?」一瞬足が止まった。(ハロー? ハローということは外国人? 外国人ということは……)

キャサリンだ! 考えがそこにいきつくまでに妙に長い時間がかかった。

全く予想外だったのだ。ルビ家というのは、電話もファクスも手紙もeメールもつながらない別世界にあるものと、この三か月間、自分に思いこませてきたのだから。でもそんな規制はもう解けたのだ。元も淳も明日の夜にはそれぞれの家に戻る。

フェニックスのルビ家では、ちょうど子供たちとの最後の夜を過しているところだった。元も呼ばれて電話口に出てくるが、相変わらず言葉少なでちょっとクールだ。

キャサリンとマークはきっと今年中に日本を訪れるだろう。そんな勢いを感じる。彼らは短期間とはいえ手塩にかけた子供たち二人を、明日一度に手放さねばならないのだ。なんだか申し訳ないような気持ちになった。

電話を切ってベランダに出ると五月を思わせる晴天だ。多摩川も空の色を映して青々と流れている。さあ、元のふとんでも干すことにしよう。

広くてきれいなアメリカの家から戻って元ががっかりしないように、コーヒーでしみをつけてしまったソファカバーを買い替えることにした。ついでに読みたかった本も買ってこよう。午後から渋谷まで足をのばす。

ハチ公前広場に着くと、なんだか異様な人だかりがしている。総裁選の候補者の街頭演説にいき当たったのだ。

総裁候補が車の屋根に姿を現わすと、辺り一帯から「ウォー」とも「ほー」ともつかないどよめきがあがった。私は驚いた。芸能人のパフォーマンスではない、これは一政治家の立会い演説である。おまけにそこにいるのは本命候補ですらない、二番手なのだ。一体何が起こっているのだろう。

日曜のハチ公前広場には、いろいろな人たちがいた。党名入りのハッピを着た人たちもいたが、色とりどりの髪の女の子たちもいた。映画を観に来たらしい夫婦連れ、デート中の若いカップル、携帯で仲間に召集をかけている若者のグループ、東急ハンズの紙袋を下げた男性、そして私のように一人で街に来ている女性。普通こんな所で立ち止まったりしないタイプの人たちが足を止めて、まるでひまわりのように一斉に候補者に顔を向けている。

あれ、日本人って政治にはしらけてたんじゃなかったっけ。

車の上の総裁候補が促されてふと高い位置へ視線をやり（おっ）という表情を見せる。つられて私もそちらを見る。ビルの三階ほどの高さにあるＪＲと井の頭線を結ぶ連絡橋のガラス壁に、大勢の人がへばりついて手を振っていた。

これが日本の政治をめぐる光景なのか。ここにいるのは大相撲の優勝力士ではないのか。私は自分の目を疑った。しかし演説会は終始静けさの中に進行した。マイクから流れる声以外には、ヤジも怒号も口笛もなく、「そうだ！」の声も、拍手さえもごく控え目だった。それでもそこには熱狂があった。静かで笑みを含んだ穏やかな熱狂だ。こんな不思議なものに日本以外でお目にかかれるとも思えない。

「ことによると、ひょっとすると……」

マイクの声は嗄れていた。

「もしかしたら本当に、日本は変わるかもしれない」

ああ、もう変わり始めた。それはこの広場に満ちているものが教えてくれる。三十年以上前、全共闘の学生闘士たちも日本を変えようとしていた。私も変化を強く求めていた。けれど彼らの運動についていけなかった。

怒号、シュプレヒコール、立看板、団交、角材、ヘルメット、覆面、バリケード……、そんな「力」によって日本の状況を、人々の意識を変えることはできなかった。たとえできたとしても、そんなやり方で平和な世の中が築けるとは、とうてい信じられなかった。

二〇〇一年四月、渋谷のハチ公前広場を埋めた群集の中に立って、長い長い間待ちのぞんだ「変化の波」が、ようやくこの国にも訪れたのを肌で知った。この変化がどんな道筋を通っていくのか、今はまだわからない。新しいことが始まる時は、いつでも少し緊張するものだ。先が見えないからといって、それだけで怯えたりはすまい。

大きな波が来たなら、逃げるかわりに乗っていこう。それが運んでいってくれる未知の世界へいってみよう。

なんといったって私は「魔法使いの弟子」なんだし、それが「ファンタジア」の中でミッキーマウスが演じていたのと大差ないドジであるにせよ、この心強い呪文だけはマスターしたのだ。

「レット・イット・ビー」

あとがき

元と淳がその後どうなったかと気にかけてくださる方々のために、簡単なご報告をしておこう。

元は自分の作業所に戻って仲間と元気にクッキー作りなどの仕事をしている。アメリカで暮らし、映画に出演してきた人物のようには全然見えない。

「アメリカ」や「映画」に対して私はある特別な、まあちょっと華やいだ先入観を持っている。しかし元にとってはアメリカも映画も、日常に起きる突発事件――カギを忘れて家に入れなくなったとか、知らない人が話しかけてきてみかんをくれた、とかいった出来事と本質的にそう変わりないものらしい。

「アメリカに行った」のではなく、いいなと思う一人の大人と感じの良い仲間たちと一緒に知らない場所まで行ってきたのであり、「映画に出た」のではなく、仲間たちや向こうで知り合った人たちに喜んでもらいたくて、いつもならやらないようなことも、あえてやってみた、というに過ぎないのだ。だから別に自慢するようなことでもなく、まして謙遜する必要など全くないわけで、周りの騒ぎを本人は少々いぶかしく思っているようだ。

だからといって、この体験に大した意味がないと言っているわけでは決してない。それどころか、元と私の今後の人生を大きく左右する分岐点となる出来事であったと思っている。その思いは『ａｂｌｅ』の試写を元と並んで観た時にやってきた。

スクリーンの中には、私の知っている元と知らない元とがいた。

印象に強く残ったのは美容院でカットをしてもらうシーンだ。それまでの子供っぽい前髪を短く刈って逆立て、男っぽいスタイルに整えてもらいながら、元はなんともいえぬ満足気な顔をしていた。そのことに驚いた。これまで床屋に行くのも、私に切ってもらうのもしぶしぶだったのだ。床屋に行くとキチッとした坊ちゃん刈にされてしまうが「男っぽいヘアにしてください」と注文をつける発想が私にはなかった。心のどこかで息子が大人っぽく男っぽくなることへの抵抗があったのだろう。

試写を観ながら（もう手放そう）と思った。

子供を育てるのはその子を巣立たせるためだ。それは障害児であろうが同じことなのだ。ただ普通の子と違って障害のある子たちには、もう一段階か、二段階のステップがどうしても必要である。そこでは親に代わって必要な時、行動をともにしてくれる第三者に登場願わねばならない。

映画の中で淳のパートナーとして登場する高校生ビッグ・チャド、ホストファミリーのルビ夫妻、バスケットボールのコーチ、元の勤務先でのジョブコーチ、撮影スタッフのお兄さん、お姉さん、そしてリーダーとしての在り方を見せてくれる監督。

『ａｂｌｅ』撮影中は、これらたくさんの人々が元と淳の人生の先輩として「大人」の振る舞い方のお手本になってくれていたわけで、理想的ともいえる環境がそこにあったのだと今さらのように感嘆する。

淳はこの撮影中に爪を噛む癖が止んだ。帰国してから淳の爪が伸びているのに気づいて高橋さんは驚いたという。それまで頻繁に爪を噛むため、爪切りを使う必要など全くなかったのだそうだ。

アメリカ人の大きな声とゼスチャー、明瞭な物言いに影響されてだろう、淳の発声は明瞭度を増し、積極的に発語しようという意欲も見られるようになった。淳の明るい屈託のない表情と健康そのものの存在感はさらに輝きを増し、会うたびに私はちょっと圧倒される。

試写の後、スクリーンの前で小栗監督が挨拶をした。

「はじめは、二人にとって何が障害になっているのかつきとめようとしていました。つきとめれば、それを取り除くことができるかもしれないと考えたのです。ところが、二人をずっと追っているうちに彼らには別に問題がないように見えてきたんです。

いつの間にか障害に目を向けるのをやめ、ただ二人と一緒に過ごす時間を心から楽しむようになっていました。問題があるのはむしろ、世界をこんなにも複雑にしてしまった私たちの方なのかもしれません」

そして、元と淳も舞台に呼ばれて挨拶をした。元の挨拶はテニヲハが抜け文脈もでたらめの上、聞き取りにくい。淳の挨拶は「あーー」という発語を何度も繰り返すだけだ。それでもそれは立派な挨拶だったと私は思っている。その間会場は静まり皆の耳と目が二人に注がれていたのだし、おざなりではない温かい拍手もタイミングよく湧き起ったのだから。

二人が誇りを持ってそこにしっかり踏み留まっていたのは、そういう在り方をたくさんの先輩たちから学んでこられたからだ。その姿を見て、私も二人に恥ずかしくないようしっかり生きていこうと改めて思った。

最後に『ａｂｌｅ』という素晴らしい冒険の旅を企画してくださった小栗謙一監督と、人集めから資金調達、広報、渉外と、ありとあらゆる支援活動を展開してくださった製作総指揮の細川佳代子氏に、子供たちになり代わって心からのお礼を申し上げます。どんな宝物より貴重な「体験」というプレゼントをありがとうございました。

それから、人生で一番大変な時期を楽しいものに変えてくれたメガネドラッグの工場の仲間たち、転職のために退社する私にポケットマネーからお餞別をくださった伊波工場長、本当にありがとうございました。

なお、文中にたびたび出てくるスペシャルオリンピックスの活動に興味を持たれた方のために連絡先を記しておきます。障害のあるお子さんをお持ちの方、ボランティアとして関わってみたい方は左記へお問い合わせください。

特定非営利活動法人　スペシャルオリンピックス日本事務局

〒860―0845　熊本市上通町一―二四　ピアーレビル3F
096（352）4000

スペシャルオリンピックス日本・東京事務局

〒100―0013　千代田区霞ヶ関三―六―一四　三久ビル6F
03（3501）4680

小栗謙一監督へのインタビュー／もう一人の団塊人

映画『ａｂｌｅ』もアリゾナでの撮影をすべて終え、あとは膨大な量のフィルムの編集作業を残すのみとなった五月のある日、ディレクターズシステムに小栗監督を訪ねた。

私の仕事上の必要から、監督がどのような経緯で現在の仕事に就かれたのか知りたいと思い、インタビューを申し込んだのだ。ご多忙中にもかかわらず快く受けてくださり、再び黒いテーブルをはさんで監督と向かい合うことになった。

インタビュー前の雑談で、監督が私と同じ団塊の世代の人であることが明らかになった。知らなかった。監督は当然年長であると決め込んでいたのだ。監督が老けて見えるという意味ではない。私は普段から周りの「大人」がみんな年上に思えてしまうのだ。よく考えればそんなはずはないのに。

しかし監督の方ではこのことを知っていた。そういえば提出した書類に正直に生年月日を記入していた。監督の経歴書には年齢の欄がなかった。

いつまでたっても油断のならない相手である。

——ご自分の職業を人に伝える時、どのように言われていますか。

「映像に関する仕事と言っています」

——そのお仕事のどんな部分がお好きですか。

「世界各国の知らない土地へ行き、そこで様々な暮らしをしている人に出会うことが楽しいですね。ヒマラヤにも登ったんですよ。その時は……」

始めたばかりですでに小栗監督のペースとなりそうな気配である。監督は普段は口数少ないようだが、いったん興が乗って語り出すと止まらなくなるのだ。

「……その時は、高地に住む人々を訪ね彼らを撮影するのが目的で、このときの撮影チームは登山には全くの素人ばかりだったんですよ。もちろん僕自身も含めてね」

これは監督の独壇場となる。そう覚った私は用意した質問リストを脇に置いて、聞き役に徹することにした。

「最初はベテランチームに連れていってもらうことを考えたんですが、それでは自分が真っ先に落ちこぼれてしまう。さもなければ見栄を張って非常に無理をしてしまうかもしれない。それでは困る。そこで百八十度方針を変えて、登山経験のない撮影隊を編成してヒマラヤへ向かうことにしたんです。

特別優れたリーダーがいるわけではないから、へたばる時は皆一緒にへたばる。中でいくらか元気のある者がその時々のリーダー役を引き受けて、励まし合いながら休み休み登っていくんです。このやり方でとても健全なチームワークを保つことができたと思っています。ヒマラヤでの体験から学んだことは僕の大きな財産となっているんですよ」

そう言われて、『ａｂｌｅ』のスタッフ、キャスト選びにも、撮影の進め方にも、このヒマラヤ方式が取り入れられていたことに思い当たった。

――大学の卒業製作として撮られた作品で学部長賞を受賞されていますが、テーマは何だったのでしょうか。

「……高校の時、想いを寄せた人がいて……一級下のその人は筋ジストロフィーという進行性の病気にかかっていてね。

とても賢い人で僕は年下の彼女からいろいろなことを教わりました。この素敵な人が何故こんな目に遭わなければならないのだろう、理不尽だと思った。彼女はそう長くは生きられませんでした。卒業製作の作品では主人公の少女に筋ジストロフィーの兄がいるという設定にしました。

彼女は恋人との関係の中で「美しい身体」を期待されることに違和感を抱くようになります。それでは病魔に侵されて美しくない身体になっていく、兄のような存在に価値はないのだろうか。それが彼女の、そして僕の問いかけでした。病身の兄の役は僕が自分で演じました。

実は大学受験の時最初に目指したのは、映画科ではなく医学部だったんです。当時の人気テレビ番組『ベン・ケーシー』の影響が大きかったと思いますね。脳神経外科というのがとりわけカッコよく見えてね。それ以前にも中学の頃シュヴァイツァーの伝記を読んで感銘を受けたりしていましたが……」

——もしも今、神さまがあなたの前に現れて、何でも好きなキャリアを与えよう、といったなら?

「やはり医師を願うでしょうね。結局、東大医学部を二度受験して果たせず方向転換しました。親にそれ以上の負担をかけられなかったためですが、進路を阻まれて口惜しかったですね。

それならいっそ、と選んだのが日大の映画科。映画が好きだったこともありますが、堅い職に就くことを望んでいた両親への当てつけといった面も大いにありました。

ところが思いがけないことに母方の叔父に映画監督がいることを知らされたんです。

中平康というその監督は、石原裕次郎や吉永小百合の映画を撮る、日活の看板監督だったそうですが、その叔父のことを不思議なことにそれまで聞かされたことがなかったんですよ。

映画科に入学すると同時に中平監督のアシスタントにもなり、撮影の現場に出入りするようになりました。授業にはほとんど顔を出さず、学校のカメラを担いでは外を歩きまわっていましたね。作品にはけっこう自信がありましたよ。学内の審査で評価されないと担当教授の部屋へ抗議に行ったりしてね。

中平監督は恐いほどに厳しい人で、映画に対しても僕に対しても厳しかった。その彼は、不本意な仕事が続く状況の中でだんだんと酒に溺れるようになり、僕が出会った時はすでにアルコール中毒の様相を呈していました。

破滅型の叔父と僕とはあまり肌が合わなかったですね。彼は僕のことをスタンダードな人間といって見下すのです。僕はスタンダードでかまわないと思いましたよ。でも叔父とともに仕事をして、その大変な暮らしぶりを目の当たりにしていなかったら、僕もやはり芸術家たらんとしたでしょうね。

作品も名前も残してはいますが、叔父はアルコールや薬で体を壊してしまった。無頼を通した叔父は五十二歳の若さで癌に斃れましたが、最期を看取ったのは僕と、叔父の愛した人の二人だけでした。

僕自身はといえば、独立を余儀なくされた後も相変わらず風呂のないアパート暮らし。三十になったかならないかで助監督の経歴しかない僕に、回ってくる仕事などないですよ。お金もなく撮りたいものも撮れず、前途を悲観して何度も死のうと思いました。目をつぶって夜中の車道に飛び出してみたりね。でも何故か死ねなかった。

映画は目的なのか、手段なのか。学生の頃よくそんな議論をしたものです。ちょうどゴダールやトリュフォーが活躍していた時代でした。

中平康にとって映画は目的だった。目的のためには手段を選ばなかった。一方、何か世の中に訴えたいことがあって、手段として映画を撮るという生き方もあります。僕の場合はなんともいえないな。目的のこともあるし手段のこともあるように思うから……。

何故か世の中の負の部分、陰の部分に引き寄せられていくようです。

衣食住にもこと欠くような暮らしをしている人たちがこの世界には驚くほどたくさんいる。豊かな暮らしを楽しんでいる人たちより、貧しく飢えている人たちの方がパーセンテージとしてずっと多いんですよ。

撮影の過程でそんな貧しい暮らしの中に入り込み、あらゆる不足や耐えがたい不潔を体験し驚かされます。どうしてこんな風なんだろう。何故こんな暮らしを強いられる人々がいるんだろう。どうにかならないのか、と。

でも僕は貧しい地域に住みついて住民とともに生活改善運動をするわけではないんです。そんなことをずっと続けるのは辛いですよ。豊かな日本に帰って来るとほっとします。けれどもあの悲惨な暮らしを忘れてしまうこともできないんですね。安穏な日常が落ち着かなくなってくると、またカメラを担いで別世界へと出かけていくわけです。

そして目の前に繰り広げられる驚くような現実を写し撮って持ち帰り、そんな暮らしを見たことのない人に見せたい。見せられた人は僕のように驚くかもしれない。何とかならないのかと思うかもしれない。僕だけでなくたくさんの人がそう思うようになれば、それが世の中を変えていく力になるんじゃないか。そんな可能性を感じているんです」

「可能性を追い求める」。それが映画のタイトル『ａｂｌｅ』に込められた意図だ。監督やスタッフの仕事ぶりを間近に見聞きさせてもらうことによって、私は私なりの『ａｂｌｅ』の一年を過すことになった。

その過程で、一冊の本を著すことになろうとは事前には全く思いもよらないことだった。『ａｂｌｅ』は元と淳だけでなく、私の可能性までも切り開いてくれたのだった。

スペシャルオリンピックスの活動や『ａｂｌｅ』の撮影を通じて、知的発達障害のある人々のありように魅了された小栗監督は、今後も引き続き彼らと関わり、そのありのままの姿をカメラを介して世界に発信し続けていきたいと語っている。

なお、映画『ａｂｌｅ』の収益金は『ａｂｌｅ　２』の制作資金としてプールされるほか、スペシャルオリンピックスの活動資金としても運用されます。映画の制作には多大な資金が必要です。この場を借りて皆さまのご協力を切にお願い申し上げます。

『ａｂｌｅ』の会事務局

〒１００―００１３　千代田区霞ヶ関三―六―一四　三久ビル２Ｆ
☎・FAX　０３（３５００）３３２０
代表　細川佳代子

郵便振替口座　０１９０〜７〜１８２９７３
『ａｂｌｅ』映画制作基金

【著者紹介】

渡辺ジュン（ワタナベ・ジュン）

セラピスト。1947年8月1日生まれ。

上智大学で社会心理学を専攻。神秘学、催眠療法を独自に学ぶ。

個人カウンセリング及びグループセラピーでは自らの体験を生かし、各自が個性に合った自分らしい生き方をデザインできるようサポートしている。

ヒーラーズ・ネットワーク主宰。

http://www.interq.or.jp/tokyo/ray1/

able《エイブル》

2002年4月27日　第1刷発行
2003年6月24日　第2刷発行

著　者　渡辺ジュン
発行人　浜　正史
発行所　株式会社　元就《げんしゅう》出版社
〒171-0022 東京都豊島区南池袋4-20-9
サンロードビル301
電話　03-3986-7736 FAX 03-3987-2580
振替　00120-3-31078
印刷所　東洋経済印刷
装　幀　唯野信廣
※乱丁本・落丁本はお取り替えいたします。

ISBN4-906631-78-9　C0095